La máquina del tiempo

H. G. Wells

La máquina del tiempo

Nueva traducción al español
traducido del inglés por Guillermo Tirelli

Rosetta Edu

Título original: *The Time Machine*

Primera publicación: 1895

Primera edición: Diciembre 2022

Publicado por Rosetta Edu
Londres, Diciembre 2022
www.rosettaedu.com

ISBN: 978-1-915088-27-7

Rosetta Edu

CLÁSICOS EN ESPAÑOL

Rosetta Edu presenta en esta colección libros clásicos de la literatura universal en nuevas traducciones al español, con un lenguaje actual, comprensible y fiel al original.

Las ediciones consisten en textos íntegros y las traducciones prestan especial atención al vocabulario, dado que es el mismo contenido que ofrecemos en nuestras célebres ediciones bilingües utilizadas por estudiantes avanzados de lengua extranjera o de literatura moderna.

Acompañando la calidad del texto, los libros están impresos sobre papel de calidad, en formato de bolsillo o tapa dura, y con letra legible y de buen tamaño para dar un acceso más amplio a estas obras.

Rosetta Edu
Londres
www.rosettaedu.com

INDICE

I — INTRODUCCIÓN

El Viajero del Tiempo (porque así será conveniente hablar de él) nos estaba exponiendo un asunto recóndito. Sus ojos grises brillaban y centelleaban, y su rostro, habitualmente pálido, se mostraba sonrojado y animado. El fuego ardía con fuerza, y el suave resplandor de las luces incandescentes de los lirios de plata captaba las burbujas que parpadeaban y pasaban por nuestras copas. Nuestras sillas, creación suya, nos abrazaban y acariciaban en lugar de someterse a ser sentadas, y había esa lujosa atmósfera de sobremesa, donde el pensamiento corre con gracia, libre de las trabas de la precisión. Y él nos lo planteó así — marcando los puntos con un magro dedo índice—, mientras nos sentábamos y admirábamos perezosamente su seriedad ante esta nueva paradoja (tal como la pensábamos) y su fecundidad.

«Deben seguirme con atención. Tendré que contradecir una o dos ideas que son casi universalmente aceptadas. La geometría, por ejemplo, que les enseñaron en la escuela se basa en un concepto erróneo».

«¿No es eso algo exagerado para esperar que empecemos por allí?», dijo Filby, pelirrojo y siempre dispuesto a discutir.

«No pretendo pedirles que acepten nada sin una base razonable para ello. Pronto admitirán todo lo que sea necesario. Saben, por supuesto, que una línea matemática, una línea de espesor *nulo*, no tiene existencia real. ¿Se lo han enseñado? Tampoco la tiene un plano matemático. Estas cosas son meras abstracciones».

«Eso está bien», dijo el Psicólogo. «Tampoco, teniendo sólo longitud, anchura y grosor, puede un cubo tener una existencia real».

«Ahí me opongo», dijo Filby. «Por supuesto que un cuerpo sólido puede existir. Todas las cosas reales...».

«Eso es lo que piensa la mayoría de la gente. Pero esperen un momento. ¿Puede existir un cubo *instantáneo*?».

«No lo sigo», dijo Filby.

«¿Puede un cubo que no dura nada, tener una existencia real?».

Filby se quedó pensativo. «Evidentemente», continuó el Viajero del Tiempo, «cualquier cuerpo real debe tener extensión en *cuatro* direcciones: debe tener Longitud, Anchura, Grosor y... Duración. Pero por una enfermedad natural de la carne, que les explicaré en un momento, nos inclinamos a pasar por alto este hecho. Hay realmente cuatro dimensiones: tres, que llamamos los tres planos del Espacio, y una cuarta, el Tiempo. Sin embargo, se tiende a establecer una distinción irreal entre las tres primeras dimensiones y la última porque ocurre que nuestra conciencia se mueve intermitentemente en una dirección a lo largo de esta última desde el principio hasta el final de nuestra vida».

«Eso», dijo un hombre muy joven, haciendo esfuerzos espasmódicos para volver a encender su cigarro sobre la lámpara; «eso... muy claro».

«Ahora bien, es muy notable que esto se pase tan claramente por alto», continuó el Viajero del Tiempo, con un ligero acceso de alegría. «En realidad, esto es lo que se entiende por la Cuarta Dimensión, aunque algunas personas que hablan de la Cuarta Dimensión no saben que se refieren a ella. Es sólo otra forma de ver el Tiempo. *No hay ninguna diferencia entre el Tiempo y cualquiera de las tres dimensiones del Espacio, excepto que nuestra conciencia se mueve a lo largo de él.* Pero algunos insensatos se han apoderado del lado equivocado de esa idea. Todos ustedes han oído lo que ellos tienen que decir sobre esta Cuarta Dimensión».

«*Yo* no lo he hecho», dijo el Gobernador.

«Es simplemente esto. Que el espacio, tal y como lo entienden nuestros matemáticos, tiene tres dimensiones, que podemos llamar Longitud, Anchura y Grosor, y es siempre definible por referencia a tres planos, cada uno de ellos en ángulo recto con los otros. Pero algunos filósofos se han preguntado por qué *tres* dimensiones en particular —¿por qué no otra dirección en ángulo recto con las otras tres?— e incluso han tratado de construir una geometría de Cuatro Dimensiones. El Profesor Simon Newcomb lo expuso ante la Sociedad Matemática de New York hace apenas un mes. Ya saben que en una superficie plana, que sólo tiene dos dimensiones, podemos representar una figura de un sólido tridimensional, y de la misma manera piensan que con modelos de tres dimensiones podrían representar uno de cuatro, si dominan la perspectiva de la cosa. ¿Ahora lo ve?».

«Creo que sí», murmuró el Gobernador; y, frunciendo las cejas, se sumió en un estado introspectivo, moviendo los labios como quien repite palabras místicas. «Sí, creo que ahora lo veo», dijo al cabo de un rato, iluminándose de forma bastante transitoria.

«Bueno, no me molesta decirles que he estado trabajando en esta geometría de las Cuatro Dimensiones durante algún tiempo. Algunos de mis resultados son curiosos. Por ejemplo, aquí hay un retrato de un hombre a los ocho años, otro a los quince, otro a los diecisiete, otro a los veintitrés, y así sucesivamente. Todos ellos son evidentemente secciones, por así decirlo, representaciones tridimensionales de su ser Tetradimensional, que es una cosa fija e inalterable».

«Los científicos», prosiguió el Viajero del Tiempo, después de la pausa necesaria para asimilarlo adecuadamente, «saben muy bien que el Tiempo es sólo una especie de Espacio. He aquí un diagrama de divulgación científica, un registro meteorológico. Esta línea que trazo con el dedo muestra el movimiento del barómetro. Ayer estaba muy alto, ayer por la noche bajó, luego esta mañana volvió a subir, y de allí suavemente hasta aquí. Seguramente el mercurio no trazó esta línea en ninguna de las dimensiones del Espacio generalmente reconocidas. Pero ciertamente trazó tal línea, y esa línea, por lo tanto, debemos concluir que fue a lo largo de la Dimensión del Tiempo».

«Pero», dijo el Médico, mirando fijamente un carbón en el fuego, «si el Tiempo es realmente sólo una cuarta dimensión del Espacio, ¿por qué es, y por qué siempre ha sido, considerado como algo diferente? ¿Y por qué no podemos movernos en el Tiempo como nos movemos en las otras dimensiones del Espacio?».

El Viajero del Tiempo sonrió. «¿Está tan seguro de que podemos movernos libremente por el espacio? Podemos ir a la derecha y a la izquierda, hacia atrás y hacia delante con suficiente libertad, y los hombres siempre lo han hecho. Admito que nos movemos libremente en dos dimensiones. ¿Pero qué hay de arriba y abajo? La gravitación nos limita en ese punto».

«No exactamente», dijo el Médico. «Hay globos aerostáticos».

«Pero antes de los globos, salvo los saltos espasmódicos y las desigualdades de la superficie, el hombre no tenía libertad de movimiento vertical».

«Aun así, podían moverse un poco hacia arriba y hacia abajo», dijo el Médico.

«Más fácil, mucho más fácil hacia abajo que hacia arriba».

«Y uno no puede moverse en absoluto en el Tiempo, no puede alejarse del momento presente».

«Mi querido señor, ahí es donde se equivoca. Ahí es donde el mundo entero se ha equivocado. Siempre nos estamos alejando del momento presente. Nuestras existencias mentales, que son inmateriales y no tienen dimensiones, están pasando a lo largo de la Dimensión del Tiempo con una velocidad uniforme desde la cuna hasta la tumba. De la misma manera que deberíamos viajar *hacia abajo* si comenzáramos nuestra existencia a cincuenta millas por encima de la superficie de la tierra».

«Pero la gran dificultad es ésta», interrumpió el Psicólogo. «Puede moverse en todas las direcciones del Espacio, pero no puede moverse en el Tiempo».

«Ese es el germen de mi gran descubrimiento. Pero se equivoca al decir que no podemos movernos en el tiempo. Por ejemplo, si estoy recordando un incidente muy vívidamente, vuelvo al instante en que ocurrió: me abstraigo, como se dice. Salto hacia atrás por un momento. Por supuesto, no tenemos ningún medio de permanecer atrás durante un período de tiempo, al igual que un salvaje o un animal no puede permanecer a seis pies del suelo. Pero el hombre civilizado se encuentra en mejor situación que el salvaje en este aspecto. Puede ir contra la gravitación en un globo, y ¿por qué no va a esperar que, en última instancia, pueda detener o acelerar su deriva a lo largo de la Dimensión del Tiempo, o incluso dar la vuelta y viajar en sentido contrario?».

«Pero *eso*», comenzó Filby, «es todo...».

«¿Por qué no?», dijo el Viajero del Tiempo.

«Va en contra de la razón», dijo Filby.

«¿Qué razón?», dijo el Viajero del Tiempo.

«Puede demostrar que lo negro es blanco con argumentos», dijo Filby, «pero nunca me convencerá».

«Posiblemente no», dijo el Viajero del Tiempo. «Pero ahora empieza usted a ver el objeto de mis investigaciones sobre la geometría de las Cuatro Dimensiones. Hace mucho tiempo tuve un vago presentimiento de una máquina...».

«¡Para viajar por el Tiempo!», exclamó el Hombre Muy Joven.

«Que podría viajar indistintamente en cualquier dirección del Espacio y del Tiempo, según determine el conductor».

Filby se contentó con reírse.

«Pero tengo una verificación experimental», dijo el Viajero del Tiempo.

«Algo así sería muy conveniente para los historiadores», sugirió el Psicólogo. «Uno podría viajar al pasado y verificar el relato comúnmente aceptado de la Batalla de Hastings, por ejemplo».

«¿No cree que llamaría la atención?», dijo el Médico. «Nuestros antepasados no toleraban mucho los anacronismos».

«Uno podría aprender griego de los propios labios de Homero y Platón», pensó el Hombre Muy Joven.

«En cuyo caso, ciertamente, lo sacarían del curso inmediatamente. Los eruditos alemanes han mejorado mucho el griego».

«Luego está el futuro», dijo el Hombre Muy Joven. «¡Piensen! Uno podría invertir todo su dinero, dejar que se acumule con intereses, ¡y darse prisa y avanzar!».

«Para descubrir una sociedad», dije yo, «erigida sobre una base estrictamente comunista».

«¡De todas las teorías extravagantes y salvajes...!», comenzó el Psicólogo.

«Sí, eso me parecía a mí, y por eso nunca hablé de ello hasta que...».

«¡Verificación experimental!», grité. «¿Usted va a verificar *eso*?».

«¡El experimento!», gritó Filby, que se estaba cansando mentalmente.

«Veamos su experimento de todos modos», dijo el Psicólogo, «aunque todo es una patraña, ya saben».

El Viajero del Tiempo nos sonrió. Luego, todavía con una débil sonrisa y con las manos metidas en los bolsillos del pantalón, salió lentamente de la habitación y oímos el ruido de su calzado por el largo pasillo que conducía a su laboratorio.

El Psicólogo nos miró. «Me pregunto qué traerá».

«Algún truco de prestidigitación o algo así», dijo el Médico, y Filby empezó a contarnos sobre un prestidigitador que había visto en Burslem, pero antes de que terminara su preámbulo volvió el Viajero del Tiempo, y la anécdota de Filby se desmoronó.

Lo que el Viajero del Tiempo tenía en la mano era un brillante armazón metálico, apenas más grande que un pequeño reloj, y muy delicadamente fabricado. Había marfil en él, y alguna sustancia cristalina transparente. Y ahora debo ser explícito, porque lo que sigue —a menos que se acepte su explicación— es algo absolutamente incomprensible. Él tomó una de las mesitas octogonales que había esparcidas por la habitación y la colocó frente a la chimenea, con dos patas sobre la alfombra del hogar. Sobre esta mesa colocó el mecanismo. Luego acercó una silla y se sentó. El único otro objeto que había sobre la mesa era una pequeña lámpara con pantalla, cuya brillante luz caía sobre el modelo. Había también una docena de velas, dos en candelabros de bronce sobre la chimenea y varias en apliques, de modo que la habitación estaba brillantemente iluminada. Me senté en un sillón bajo, el más cercano al fuego, y lo adelanté para situarme casi entre el Viajero del Tiempo y la chimenea. Filby se sentó detrás de él, mirando por encima del hombro. El Médico y el Gobernador le observaban de perfil desde la derecha, el Psicólogo desde la izquierda. El Hombre Muy Joven se situó detrás del Psicólogo. Todos estábamos alerta. Me parece increíble que cualquier tipo de truco, por muy sutilmente concebido y por muy hábilmente realizado, haya podido jugar con nosotros en estas condiciones.

El Viajero del Tiempo nos miró, y luego miró al mecanismo. «¿Y bien?», dijo el Psicólogo.

«Este pequeño asunto», dijo el Viajero del Tiempo, apoyando los codos sobre la mesa y apretando las manos sobre el aparato, «es sólo un modelo. Es mi proyecto de máquina para viajar en el tiempo. Notarán que tiene un aspecto singularmente torcido, y que esta barra tiene un extraño aspecto parpadeante, como si fuera de algún modo irreal». Señaló la pieza con el dedo. «Además, aquí hay una pequeña palanca blanca, y aquí hay otra».

El Médico se levantó de su silla y miró dentro de la cosa. «Está magníficamente hecho», dijo.

«Tardó dos años en hacerse», replicó el Viajero del Tiempo. Luego, cuando todos habíamos imitado la acción del Médico, dijo, «ahora quiero que entiendan claramente que esta palanca, al ser presionada, envía la máquina hacia el futuro y esta otra invierte el movimiento. Esta silla representa la butaca de un viajero del tiempo. En este momento voy a presionar la palanca, y la máquina se irá. Se desvanecerá, pasará al Tiempo futuro y desaparecerá. Miren bien la cosa. Miren también la mesa y asegúrense de que no hay ningún truco. No quiero desperdiciar este modelo y que luego me digan que soy un charlatán».

Hubo una pausa de un minuto quizás. El Psicólogo parecía estar a punto de hablarme, pero cambió de opinión. Entonces el Viajero del Tiempo levantó el dedo dirigido a la palanca. «No», dijo de repente. «Déme su mano». Y volviéndose hacia el Psicólogo, tomó la mano de ese individuo entre las suyas y le dijo que extendiera el dedo índice. Así que fue el propio Psicólogo quien envió el modelo de Máquina del Tiempo en su interminable viaje. Todos vimos el giro de la palanca. Estoy absolutamente seguro de que no hubo ningún truco. Hubo un soplo de viento y la llama de la lámpara saltó. Una de las velas sobre la chimenea se apagó, y la pequeña máquina giró de repente, se volvió indistinta, se vio como un fantasma durante un segundo quizás, como un remolino de bronce y marfil que brillaba débilmente; y desapareció... ¡desapareció! Salvo la lámpara, la mesa estaba vacía.

Todos guardaron silencio durante un minuto. A continuación Filby profirió una maldición.

El Psicólogo se recuperó de su estupor y miró de repente debajo de la mesa. Ante esto, el Viajero del Tiempo se rió alegremente. «¿Y bien?», dijo, imitando al Psicólogo. Luego, levantándose, se dirigió al pote de tabaco sobre la chimenea y, de espaldas a nosotros, comenzó a llenar su pipa.

Nos miramos fijamente. «Mire», dijo el Médico, «¿habla en serio de esto? ¿Cree seriamente que esa máquina ha viajado en el tiempo?».

«Desde luego», dijo el Viajero del Tiempo, agachándose para encender una cerilla en el fuego. Luego se volvió, encendiendo su pipa, para mirar la cara del Psicólogo. (El Psicólogo, para demostrar que no estaba desquiciado, se sirvió un cigarro y trató de encenderlo sin cortar). «Es más, tengo una gran máquina casi terminada ahí dentro», señaló el laboratorio, «y cuando esté armada pienso hacer un viaje por mi cuenta».

«¿Quiere decir que esa máquina ha viajado al futuro?», dijo Filby.

«Al futuro o al pasado, no sé con certeza cuál de los dos».

Tras un intervalo, el Psicólogo tuvo una inspiración. «Debe de haber ido al pasado, si es que ha ido a alguna parte», dijo.

«¿Por qué?», dijo el Viajero del Tiempo.

«Porque supongo que no se ha movido en el espacio, y si viajara al futuro seguiría aquí todo este tiempo, ya que debe haber viajado por este tiempo».

«Pero», dije yo, «si viajara al pasado habría sido visible hoy, cuando entramos por primera vez en esta habitación; y el jueves pasado cuando estuvimos aquí; y el jueves anterior; y así sucesivamente».

«Serias objeciones», comentó el Gobernador, con aire de imparcialidad, volviéndose hacia el Viajero del Tiempo.

«Para nada», dijo el Viajero del Tiempo, y, al Psicólogo: «Usted cree eso. *Usted* puede explicarlo. Es la representación por debajo del umbral de la representación, ya sabe, la representación diluida».

«Por supuesto», dijo el Psicólogo, y nos tranquilizó. «Es una simple cuestión de psicología. Debería haber pensado en ello. Es bastante sencillo, y ayuda deliciosamente a la paradoja. No podemos verlo, ni apreciar esta máquina, como tampoco podemos ver el radio de una rueda girando, o una bala volando por el aire. Si viaja a través del tiempo cincuenta o cien veces más rápido que nosotros, si recorre en un minuto lo que para nosotros es un segundo, la impresión que crea será, por supuesto, sólo una quincuagésima o una centésima parte de la que causaría si no viajara en el tiempo. Eso es bastante claro». Pasó la mano por el espacio en el que había estado la máquina. «¿Lo ven?», dijo, riendo.

Nos sentamos y nos quedamos mirando la mesa vacía durante unos minutos. Entonces el Viajero del Tiempo nos preguntó qué pensábamos de todo aquello.

«Suena bastante plausible esta noche», dijo el Médico; «pero esperen hasta mañana. Esperen al sentido común de la mañana».

«¿Les gustaría ver la propia Máquina del Tiempo?», preguntó el Viajero del Tiempo. Y con ello, tomando la lámpara en la mano, nos condujo por el largo y ventilado pasillo hasta su laboratorio. Recuerdo vívidamente la luz parpadeante, su extraña y ancha cabeza en silueta, el baile de las sombras, cómo le seguimos todos, desconcertados pero incrédulos, y cómo allí, en el laboratorio, contemplamos una edición más grande del pequeño mecanismo que habíamos visto desaparecer ante nuestros ojos. Algunas partes eran de níquel, otras de marfil, otras habían sido sin duda limadas o aserradas en cristal de roca. En general, la cosa estaba completa, pero las barras cristalinas retorcidas yacían sin terminar sobre el banco, junto a unas hojas de dibujo, y tomé una para verla mejor. Parecía ser cuarzo.

«Mire», dijo el Médico, «¿habla usted perfectamente en serio? ¿O se trata de un truco... como el del fantasma que nos mostró la Navidad pasada?».

«En esa máquina», dijo el Viajero del Tiempo, sosteniendo la lámpara en alto, «pretendo explorar el tiempo. ¿Está claro? Nunca fui más serio en mi vida».

Ninguno de nosotros sabía cómo tomarlo.

Vi la mirada de Filby por encima del hombro del Médico, y me guiñó un ojo solemnemente.

III — EL VIAJERO DEL TIEMPO REGRESA

Creo que en aquella época ninguno de nosotros creía del todo en la Máquina del Tiempo. El hecho es que el Viajero del Tiempo era uno de esas personas que son demasiado inteligentes como para ser creídos: uno nunca tenía la sensación de haberlo conocido completamente; siempre sospechaba alguna sutil reserva, algún ingenio agazapado detrás de su lúcida franqueza. Si Filby hubiera mostrado el modelo y explicado el asunto con las palabras del Viajero del Tiempo, le habríamos mostrado mucho menos escepticismo *a él*. Porque habríamos percibido sus motivos: un carnicero podría entender a Filby. Pero el Viajero del Tiempo tenía algo más que un toque de capricho entre sus características, y desconfiamos de él. Hechos que habrían tornado famoso a un hombre menos inteligente parecían trucos en sus manos. Es un error hacer las cosas con demasiada facilidad. Las personas serias, las que le tomaban en serio, nunca se sentían muy seguras de su comportamiento; de alguna manera eran conscientes de que confiar su reputación de juicio a él era como amueblar una guardería con porcelana china. Así que no creo que ninguno de nosotros hablara mucho sobre los viajes en el tiempo en el intervalo entre aquel jueves y el siguiente, aunque sus extrañas potencialidades rondaban, sin duda, en la mente de la mayoría de nosotros: su plausibilidad, es decir, su incredibilidad práctica, las curiosas posibilidades de anacronismo y de confusión absoluta que sugería. Por mi parte, estaba particularmente preocupado por el truco del modelo. Recuerdo haber discutido esto con el médico, con quien me encontré el viernes en el Linnæan. Dijo que había visto una cosa similar en Tubinga, y puso mucho énfasis en el soplado de la vela. Pero no pudo explicar cómo se hizo el truco.

El jueves siguiente fui de nuevo a Richmond —supongo que era uno de los invitados más constantes del Viajero del Tiempo— y, habiendo llegado tarde, encontré a cuatro o cinco hombres ya reunidos en su salón. El Médico estaba de pie ante el fuego con una hoja de papel en una mano y su reloj en la otra. Miré a mi alrededor en busca del Viajero del Tiempo, y... «Ya son las siete y media», dijo el Médico. «Supongo que será mejor que cenemos».

«¿Dónde está...?», dije, nombrando a nuestro anfitrión.

«¿Acaba usted de llegar? Es bastante extraño. Él está inevitablemente retenido. Me pide en esta nota que comience con la cena a las siete si no vuelve. Dice que él lo explicará todo cuando llegue».

«Es una lástima que se estropee la cena», dijo el Editor de un conocido diario; y en ese momento el Doctor tocó la campanilla.

El Psicólogo era la única persona, además del Doctor y de mí, que había asistido a la cena anterior. Los otros hombres eran Blank, el Editor antes mencionado, un cierto periodista y otro —un hombre callado y tímido con barba— a quien no conocía y que, por lo que observé, no abrió la boca en toda la velada. En la mesa se especuló sobre la ausencia del Viajero del Tiempo, y yo sugerí un viaje en el tiempo, con un espíritu medio jocoso. El Editor quiso que se le explicara, y el Psicólogo se ofreció a hacer un relato escueto de la «ingeniosa paradoja y truco» que habíamos presenciado ese mismo día de la semana, la semana anterior. Estaba en medio de su exposición cuando la puerta del pasillo se abrió lentamente y sin ruido. Yo estaba de frente a la puerta y lo vi primero. «¡Hola!», dije. «¡Por fin!». Y la puerta se abrió más, y el Viajero del Tiempo se plantó ante nosotros. Di un grito de sorpresa. «¡Cielo santo! Amigo, ¿qué pasa?», gritó el Médico, que fue el siguiente en verlo. Y toda la mesa se volvió hacia la puerta.

Él estaba en un estado sorprendente. Su abrigo estaba polvoriento y sucio, y manchado de verde en las mangas; su pelo desordenado y, según me pareció, más gris, ya sea por el polvo y la suciedad o porque su color se había desvanecido. Su rostro estaba espantosamente pálido; su barbilla tenía un corte amarronado, un corte a medio curar; su expresión era demacrada y estirada, como por un intenso sufrimiento. Por un momento vaciló en la puerta, como si le hubiera deslumbrado la luz. Luego entró en la habitación. Caminaba con una cojera como la que he visto en los vagabundos doloridos. Lo miramos en silencio, esperando que hablara.

No dijo ni una palabra, pero se acercó penosamente a la mesa e hizo un gesto hacia el vino. El Editor llenó una copa de champagne y se la acercó. Se la bebió y pareció que le sentó bien, porque miró a la mesa y el fantasma de su antigua sonrisa se dibujó en su rostro. «¿Qué diablos has estado haciendo, amigo?», dijo el Doctor. El Viajero del Tiempo no pareció escuchar. «No permitan que los disturbe mi aspecto», dijo, con cierta articulación vacilante. «Estoy bien». Se detuvo, alargó su copa para que le dieran más, y en un trago la bebió. «Así está mejor», dijo. Sus ojos se volvieron más brillantes y un tenue color apareció en sus mejillas. Su mirada pasó por nuestros rostros con una cierta aprobación sorda, y luego recorrió la cálida y confortable habitación. Luego volvió a hablar, como si estuviera tanteando el terreno entre sus palabras. «Voy a lavarme y vestirme, y luego bajaré a explicar las cosas... Guárdenme un poco de ese cordero. Me muero de hambre por un poco de carne».

Miró al Editor, que era un visitante poco habitual, y deseó que estuviera bien. El Editor comenzó una pregunta. «Se lo diré en un momento», dijo el Viajero del Tiempo. «¡Me siento... raro! Estaré bien en un minuto».

Dejó la copa y se dirigió hacia la puerta de la escalera. Volví a notar su cojera y el suave sonido acolchado de sus pisadas, y poniéndome de pie en mi lugar, vi sus pies mientras salía. No llevaba nada más que un par de calcetines andrajosos y manchados de sangre. Entonces la puerta se cerró sobre él. Estuve a punto de seguirlo, hasta que recordé cómo detestaba cualquier alboroto sobre sí mismo. Durante un minuto, tal vez, mi mente se puso a pensar en el asunto. Luego... oí decir al Editor: «Comportamiento notable de un científico eminente», pensando, según su costumbre, en los titulares. Y esto me devolvió la atención a la brillante mesa de la cena.

«¿A qué juega?», dijo el Periodista. «¿Ha estado haciendo de Cadete Aficionado? No lo entiendo». Me encontré con la mirada del Psicólogo, y leí mi propia interpretación en su rostro. Pensé en el Viajero del Tiempo cojeando penosamente escaleras arriba. Creo que nadie más había notado su cojera.

El primero en recuperarse completamente de esta sorpresa fue el Médico, que hizo sonar la campanilla —el Viajero del Tiempo odiaba tener sirvientes esperando en la cena— para pedir un plato caliente. Al oírlo, el Editor volvió a su cuchillo y tenedor con un gruñido, y el Hombre Silencioso hizo lo mismo. La cena se reanudó. La conversación mantuvo un tono de exclamaciones durante un rato con lagunas de asombro; y luego el Editor manifestó una curiosidad ferviente. «¿Nuestro amigo se gana la vida cruzando personas por el río o tiene sus fases de Nabucodonosor?», preguntó. «Estoy seguro de que se trata de este asunto de la Máquina del Tiempo», dije, y retomé el relato del Psicólogo sobre nuestro anterior encuentro. Los nuevos invitados se mostraron francamente incrédulos. El Editor planteó sus objeciones. «¿Qué *era eso* de viajar en el tiempo? Un hombre no podría cubrirse de polvo rodando en una paradoja, ¿verdad?». Y entonces, cuando se le ocurrió la idea, recurrió a la caricatura. ¿No había cepillos para la ropa en el Futuro? El Periodista tampoco quiso creer bajo ningún concepto, y se unió al Editor en la fácil tarea de ridiculizar todo el asunto. Ambos pertenecían al nuevo tipo de periodista: jóvenes muy alegres e irreverentes. «Nuestro corresponsal especial informa desde Pasado Mañana...», decía —o más bien gritaba— el Periodista cuando el Viajero del Tiempo regresó. Llevaba un traje de noche normal y nada, salvo su aspecto ojeroso, quedaba del cambio que me había sorprendido.

«Digo», dijo el Editor con tono hilarante, «¡estos compañeros de aquí dicen que usted ha estado viajando hasta la mitad de la próxima semana!»

Cuéntenos qué pasa en el asunto político del pequeño Rosebery, ¿quiere? ¿Cuánto quiere para contarnos todo?».

El Viajero del Tiempo se llegó al lugar reservado para él sin decir nada. Sonrió tranquilamente, a su antigua manera. «¿Dónde está mi cordero?», dijo. «¡Qué placer es volver a clavar un tenedor en la carne!».

«¡Una historia!», gritó el Editor.

«¡Maldita sea su historia!», dijo el Viajero del Tiempo. «Quiero comer algo. No diré ni una palabra hasta que me llegue algo de peptona a las arterias. Gracias. Y la sal».

«Una palabra sola», dije yo. «¿Ha estado viajando en el tiempo?».

«Sí», dijo el Viajero del Tiempo, con la boca llena, asintiendo con la cabeza.

«Daría un chelín por línea por una nota textual», dijo el Editor. El Viajero del Tiempo empujó su vaso hacia el Hombre Silencioso y lo hizo sonar con la uña; ante lo cual el Hombre Silencioso, que había estado mirando su cara, se sobresaltó convulsivamente, y le sirvió vino. El resto de la cena fue incómodo. Por mi parte, las preguntas repentinas no dejaban de surgir en mis labios, y me atrevo a decir que a los demás les ocurría lo mismo. El Periodista intentó aliviar la tensión contando anécdotas de Hettie Potter. El Viajero del Tiempo dedicó su atención a su cena, y mostró el apetito de un vagabundo. El Médico fumaba un cigarrillo y observaba al Viajero del Tiempo a través de sus pestañas. El Hombre Silencioso parecía aún más torpe que de costumbre, y bebía champagne con regularidad y determinación, de puro nerviosismo. Por fin, el Viajero del Tiempo apartó su plato y miró a nuestro alrededor. «Supongo que debo disculparme», dijo. «Simplemente me estaba muriendo de hambre. He pasado un tiempo increíble». Extendió la mano para coger un cigarro y cortó la punta. «Pero pasen a la sala de fumadores. Es una historia demasiado larga para contarla sobre platos grasientos». Y haciendo sonar la campanilla al pasar, indicó el camino hacia la sala contigua.

«¿Le ha contado a Blank, a Dash y a Chose lo de la máquina?», me dijo, recostándose en su sillón y nombrando a los tres nuevos invitados.

«Pero la cosa es una mera paradoja», dijo el Editor.

«No puedo discutir esta noche. No me importa contarles la historia, pero no puedo discutir. Les contaré», continuó, «la historia de lo que me ha sucedido, si quieren, pero deben abstenerse de interrumpirme. Quiero contarla. Con mucho empeño. La mayor parte sonará a mentira. Pues que así sea. Es verdad, cada palabra, de todos modos. Estaba en mi laboratorio a las cuatro, y desde entonces... he vivido ocho días... ¡días como ningún ser humano ha vivido antes! Estoy casi agotado, pero no voy a dormir hasta que les haya contado todo esto. Entonces me iré a la cama. ¡Pero sin interrupciones! ¿Están de acuerdo?».

«De acuerdo», dijo el Editor, y los demás hicimos eco diciendo «de acuerdo». Y con eso el Viajero del Tiempo comenzó su historia tal y como la he expuesto a continuación. Al principio se sentó en su silla y habló como un hombre cansado. Después se animó más. Al escribirla, siento con demasiada agudeza la insuficiencia de la pluma y la tinta —y, sobre todo, mi propia insuficiencia— para expresar su calidad. Supongo que usted lee con suficiente atención, pero no puede ver el rostro blanco y sincero del orador en el círculo brillante de la pequeña lámpara, ni oír la entonación de su voz. No puede saber cómo su expresión seguía los giros de su historia. La mayoría de los oyentes estábamos en la sombra, pues las velas de la sala de fumadores no estaban encendidas, y sólo estaban iluminados el rostro del Periodista y las piernas del Hombre Silencioso desde las rodillas hacia abajo. Al principio nos mirábamos de vez en cuando. Al cabo de un tiempo dejamos de hacerlo y sólo miramos el rostro del Viajero del Tiempo.

«El jueves pasado les hablé a algunos de ustedes de los principios de la Máquina del Tiempo, y les mostré el propio aparato, incompleto en el taller. Ahí está ahora, un poco desgastado por el viaje, en verdad; y una de las barras de marfil está agrietada, y una barra de bronce doblada; pero el resto está bastante bien. Esperaba terminarla el viernes, pero el viernes, cuando el montaje estaba casi terminado, descubrí que una de las barras de níquel era exactamente una pulgada más corta, y tuve que mandarla rehacer, de modo que la cosa no estuvo completa hasta esta mañana. Fue a las diez de la mañana cuando la primera de todas las Máquinas del Tiempo comenzó su carrera. Le di los últimos retoques, ajusté de nuevo todos los tornillos, puse una gota más de aceite en la varilla de cuarzo y me senté en la butaca. Supongo que un suicida que sostiene una pistola en su cráneo siente el mismo asombro por lo que vendrá después. Tomé la palanca de arranque en una mano y la de parada en la otra, pulsé la primera y casi inmediatamente la segunda. Me pareció que me tambaleaba; tuve una sensación de pesadilla al caer; y, al mirar a mi alrededor, vi el laboratorio exactamente igual que antes. ¿Había pasado algo? Por un momento sospeché que mi intelecto me había engañado. Entonces me fijé en el reloj. Un momento antes, según parecía, había marcado las diez y un minuto; ¡ahora eran casi las tres y media!

«Tomé aire, apreté los dientes, agarré la palanca de arranque con ambas manos y salí disparado. El laboratorio se volvió brumoso y se oscureció. La señora Watchett entró y caminó, aparentemente sin verme, hacia la puerta del jardín. Supongo que tardó más o menos un minuto en atravesar el lugar, pero a mí me pareció que salía disparada por la habitación como un cohete. Accioné la palanca hasta su posición extrema. La noche llegó como si se apagara una lámpara, y al momento siguiente llegó el día después. El laboratorio se volvió tenue y brumoso, luego cada vez más y más tenue. Al día siguiente le siguió la noche negra, luego el día, la noche otra vez, el día otra vez, cada vez más rápido. Un murmullo que se arremolinaba en mis oídos, y una extraña y muda confusión se apoderó de mi mente.

«Me temo que no puedo transmitir las peculiares sensaciones del viaje en el tiempo. Son excesivamente desagradables. Hay una sensación exactamente igual a la que se tiene cuando se acciona una palanca de cambios... ¡un movimiento hacia la cabeza que no se puede detener! También sentí la misma horrible anticipación de un inminente choque. A medida que avanzaba, la noche seguía al día como el batir de un ala negra. La tenue sugestión del laboratorio pareció alejarse de mí y vi que el sol saltaba velozmente por el cielo, saltándolo una vez por minuto, cada minuto marcaba un día. Supuse que el laboratorio había sido destruido y que yo había salido al aire libre. Tuve una tenue impresión de andamios, pero ya iba demasiado rápido para ser consciente de cualquier cosa que se moviera. El caracol más lento que jamás se haya arrastrado pasó demasiado rápido para mí. La titilante sucesión de oscuridad y luz era excesivamente dolorosa para la vista. Luego, en la oscuridad intermitente, vi a la luna girar rápidamente a través de sus cuartos, desde la luna nueva hasta la llena, y tuve una débil visión de las estrellas que daban vueltas. Luego, a medida que avanzaba, ganando aún velocidad, la palpitación de la noche y el día se fundieron en una grisura continua; el cielo adquirió una maravillosa profundidad de azul, un espléndido color luminoso como el del primer crepúsculo; el sol, que se sacudía, se convirtió en un rayo de fuego, un arco brillante, en el espacio; la luna, en una banda fluctuante más débil; y no pude ver nada de las estrellas, salvo de vez en cuando un círculo más brillante que parpadeaba en el azul.

«El paisaje era brumoso y vago. Estaba todavía en la ladera de la colina sobre la que ahora se levanta esta casa, y el monte se alzaba sobre mí gris y oscuro. Vi árboles que crecían y cambiaban como bocanadas de vapor, ahora marrones, ahora verdes: crecían, se extendían, temblaban y desaparecían. Vi enormes edificios que se alzaban débiles y hermosos, y que pasaban como sueños. Toda la superficie de la tierra parecía haber cambiado... fundiéndose y fluyendo bajo mis ojos. Las manecillas de los diales que registraban mi velocidad giraban cada vez más rápidamente. En seguida noté que el cinturón solar se balanceaba hacia arriba y hacia abajo, de solsticio a solsticio, en un minuto o menos, y que por consiguiente mi velocidad era de más de un año por minuto; y minuto a minuto la blanca nieve destellaba a través del mundo, y se desvanecía, y era seguida por el brillante y breve verde de la primavera.

«Las sensaciones desagradables del comienzo eran ahora menos punzantes. Al final se fundieron en una especie de júbilo histérico. Noté, en efecto, un torpe balanceo de la máquina, que no pude explicar. Pero mi mente estaba demasiado confusa como para prestarle atención, así que, con una especie de locura que se apoderaba de mí, me arrojé al futuro. Al principio apenas pensé en detenerme, apenas pensé en nada más que en estas nuevas sensaciones. Pero pronto una nueva serie de impresiones creció en mi mente —una cierta curiosidad y con ello un cierto temor— hasta que al final éstas se apoderaron completamente de mí. ¡Qué extraños desarrollos de la humanidad, qué maravillosos avances sobre nuestra rudimentaria civilización, pensé, no podrían aparecer cuando llegara a mirar de cerca el tenue mundo esquivo que corría y fluctuaba ante mis ojos! Vi una gran y espléndida arquitectura que se alzaba a mi alrededor, más maciza que cualquiera de los edificios de nuestro tiempo, y sin embargo, tal y como parecía, construida de brillo y niebla. Vi que un verde más intenso subía por la ladera de la colina y permanecía allí, sin ninguna interrupción invernal. Incluso a través del velo de mi confusión, la tierra parecía muy hermosa. Y así, mi mente volvió a pensar en que debía detenerme.

«El riesgo peculiar residía en la posibilidad de que encontrara alguna sustancia en el espacio que yo, o la máquina, ocupaba. Mientras viajaba a gran velocidad en el tiempo, esto apenas importaba: yo estaba, por así decirlo, atenuado... me deslizaba como un vapor a través de los intersticios de las sustancias intermedias. Pero detenerse implicaba atascarse, molécula a molécula, en cualquier cosa que se interpusiera en mi camino; significaba poner mis átomos en tan íntimo contacto con los del obstáculo que se produciría una profunda reacción química —posiblemente una explosión de gran alcance— y me haría volar a mí y a mi aparato fuera de todas las dimensiones posibles, hacia lo Desconocido. Esta posibilidad se me había ocurrido una y otra vez mientras fabricaba la máquina; pero entonces la había aceptado alegremente como un riesgo inevitable... uno de los riesgos que uno tiene que correr. Ahora que el riesgo era inevitable, ya no lo veía con la misma alegría. El hecho es que, insensiblemente, la absoluta extrañeza de todo, el enfermizo traqueteo y el balanceo de la máquina, sobre todo, la sensación de una prolongada caída, habían alterado absolutamente mis nervios. Me dije a mí mismo que nunca podría parar y, en un arranque de petulancia, resolví parar inmediatamente. Como un tonto impaciente, arrastré la palanca, e inmediatamente la cosa se tambaleó, y fui lanzado de cabeza por el aire.

«Se escuchó el sonido de un trueno en mis oídos. Me quedé aturdido por un momento. Un granizo despiadado silbaba a mi alrededor, y yo estaba sentado en el suave césped frente a la máquina volcada. Todo parecía aún gris, pero pronto noté que la confusión en mis oídos había desaparecido. Miré a mi alrededor. Me encontraba en lo que parecía ser un pequeño sector de césped en un jardín, rodeado de arbustos de rododendro, y me di cuenta de que sus flores malvas y púrpuras caían en lluvia bajo el golpe de los granizos. El granizo, que rebotaba y bailaba, se cernía en una pequeña nube sobre la máquina y se deslizaba por el suelo como si fuera humo. En un instante estuve mojado hasta la piel. "Bonita hospitalidad", dije, "para un hombre que ha viajado innumerables años para verte".

«En ese momento pensé que era tonto seguir allí y mojarme. Me levanté y miré a mi alrededor. Una figura colosal, tallada aparentemente en alguna piedra blanca, se asomaba indistintamente más allá de los rododendros a través del brumoso aguacero. No podía ver nada del resto del mundo.

«Mis sensaciones serían difíciles de describir. A medida que las columnas de granizo se hacían más finas, vi con más claridad la figura blanca. Era muy grande, pues un abedul plateado le tocaba el hombro. Era de mármol blanco, con una forma parecida a la de una esfinge alada, pero las alas, en lugar de llevarlas verticalmente a los lados, estaban extendidas de modo que parecía flotar. Me pareció que el pedestal era de bronce y estaba cubierto de verdín. El rostro estaba orientado hacia mí; los ojos, sin vista, parecían mirarme; en los labios había la débil sombra de una sonrisa. Estaba muy desgastada por la intemperie, lo que le daba una desagradable impresión de enfermedad. Me quedé mirándola durante un rato... medio minuto, quizás, o media hora. Parecía avanzar y retroceder a medida que el granizo se hacía más denso o más fino. Por fin aparté los ojos de ella un momento, y vi que la cortina de granizo se retiraba y que el cielo se iluminaba con la promesa del sol.

«Volví a mirar la forma blanca agazapada, y todo el temor de mi viaje me sobrevino de repente. ¿Qué podría aparecer cuando se retirara por completo aquella brumosa cortina? ¿Qué no habría podido pasar con los hombres? ¿Y si la crueldad se hubiera convertido en una pasión común? ¿Y si en este intervalo la raza hubiera perdido su humanidad y se hubiera convertido en algo inhumano, carente de solidaridad y abrumadoramente poderoso? Yo podría parecer un animal salvaje del viejo mundo, sólo que más espantoso y repugnante por nuestra semejanza común... una criatura nauseabunda que hay que matar sin contemplaciones.

«Ya comenzaba a ver otras formas inmensas: edificios enormes con intrincados parapetos y altas columnas, con una ladera boscosa que se arrastraba tenuemente hacia mí a través de la tormenta que disminuía. Me invadió un miedo pánico. Me volví frenéticamente hacia la Máquina del Tiempo y me esforcé por enderezarla. Mientras lo hacía, los rayos de sol se abrieron paso a través de la tormenta. El aguacero gris fue barrido y se desvaneció como la ropa de un fantasma. Por encima de mí, en el intenso azul del cielo de verano, algunos tenues jirones de nubes marrones se arremolinaban en el vacío.

Los grandes edificios que me rodeaban se distinguían con claridad, brillando con la humedad de la tormenta y resaltados en blanco por las piedras de granizo no derretidas que se amontonaban a lo largo de sus caminos. Me sentía desnudo en un mundo extraño. Me sentí como puede sentirse un pájaro en el aire claro, sabiendo que el halcón se impone por encima y se abalanza. Mi miedo se convirtió en frenesí. Me tomé un respiro, apreté los dientes y volví a forcejear ferozmente —muñeca y rodilla— con la máquina. La máquina cedió bajo mi desesperado empuje y pude tumbarla. Me golpeó violentamente en la barbilla. Con una mano en la butaca y la otra en la palanca, me paré jadeando fuertemente en actitud de montar nuevamente.

«Pero al recuperar la posibilidad de una pronta retirada mi valor se acrecentó. Miré con más curiosidad y menos temor este mundo del futuro remoto. En una abertura circular, en lo alto de la pared de la casa más cercana, vi un grupo de figuras vestidas con ricas y suaves túnicas. Me habían visto y sus rostros se dirigían hacia mí.

«Entonces oí voces que se aproximaban. A través de los arbustos, junto a la Esfinge Blanca, se veían cabezas y hombros de hombres corriendo. Uno de ellos surgió en un camino que conducía directamente a la pequeña parcela de césped sobre el que yo me encontraba con mi máquina. Era una criatura delgada —tal vez de un metro y medio de altura—, vestida con una túnica púrpura, ceñida a la cintura con un cinturón de cuero. Llevaba en los pies unas sandalias o unas botas, que no pude distinguir con claridad; tenía las piernas desnudas hasta las rodillas y la cabeza descubierta. Al notar esto, me di cuenta por primera vez de lo cálido que era el aire.

«Él me pareció una criatura muy hermosa y agraciada, pero indescriptiblemente frágil. Su rostro sonrosado me recordaba a los tísicos más bellos... esa belleza dolorosa de la que tanto oímos hablar. Al verlo, recuperé de repente la confianza. Quité las manos de la máquina.

«Al cabo de un momento estábamos frente a frente, yo y esta cosa frágil salida del futuro. Se acercó a mí y se rió delante mío. La ausencia de cualquier signo de miedo en su porte me impresionó de inmediato. Luego se dirigió a los otros dos que le seguían y les habló en una lengua extraña, muy dulce y líquida.

«Vinieron otros, y al poco tiempo un pequeño grupo de quizás ocho o diez de estas exquisitas criaturas estaban a mi alrededor. Uno de ellas se dirigió a mí. Me vino a la cabeza, extrañamente, que mi voz era demasiado áspera y grave para ellos. Así que sacudí la cabeza y, señalando mis orejas, la volví a sacudir. Se adelantó un paso, dudó y luego me tocó la mano. A continuación sentí pequeños y suaves tentáculos sobre mi espalda y mis hombros. Querían asegurarse de que yo era real. No había nada alarmante en esto. De hecho, había algo en estas preciosas personitas que inspiraba confianza... una graciosa gentileza, una cierta facilidad infantil. Además, parecían tan frágiles que podía imaginarme lanzando a toda la docena de ellos de un golpe como si fueran bolos. Pero hice un movimiento repentino para advertirles cuando vi sus pequeñas manos rosadas palpando la Máquina del Tiempo. Felizmente, cuando aún no era demasiado tarde, pensé en un peligro que hasta entonces había olvidado, y tomando las barras de la máquina desenrosqué las pequeñas palancas que la pondrían en movimiento y las guardé en mi bolsillo. Luego me volví para ver qué podía hacer para comunicarme con ellos.

«A continuación, observando más de cerca sus rasgos, vi algunas peculiaridades más en esa belleza que parecía porcelana de Dresde. Su cabello, uniformemente rizado, terminaba en el cuello y en las mejillas; no había ni la más leve insinuación de vello en la cara, y sus orejas eran singularmente diminutas. Las bocas eran pequeñas, con labios rojos brillantes y más bien finos, y las barbillas cortas y puntiagudas. Los ojos eran grandes y suaves; y —puede parecer egoísta por mi parte— me pareció incluso que había una cierta falta de interés en ellos por mi llegada; algo que podría haber esperado.

«Como no hicieron ningún esfuerzo por comunicarse conmigo, sino que se limitaron a permanecer a mi alrededor sonriendo y hablando entre ellos con suaves arrullos, comencé la conversación. Señalé la Máquina del Tiempo y a mí mismo. Luego, dudando por un momento cómo expresar el Tiempo, señalé el sol. Al instante, una figurita pintoresca, vestida a cuadrillé púrpura y blanco, siguió mi gesto y me sorprendió al imitar el sonido del trueno.

«Por un momento me quedé perplejo, aunque el significado de su gesto era bastante claro. La pregunta me vino a la mente bruscamente: ¿eran estas criaturas tontas? Quizá no entiendan cómo se me ocurrió. Verán, yo siempre había previsto que la gente del año Ochocientos y Dos Mil y pico nos aventajaba increíblemente en conocimientos, en arte, en todo. Entonces, uno de ellos me hizo de repente una pregunta que demostraba que estaba al nivel intelectual de uno de nuestros niños de cinco años... me preguntó, de hecho, si había venido del sol en una tormenta de truenos. Dejé inconclusa mi opinión, que no había manifestado, sobre sus ropas, sus miembros ligeros y sus frágiles rasgos. Un flujo de decepción se apoderó de mi mente. Por un momento sentí que había construido la Máquina del Tiempo en vano.

«Asentí con la cabeza, señalé el sol y les hice una representación tan vívida de un trueno que los sobresaltó. Todos se retiraron más o menos un paso y se inclinaron. Entonces vino uno riendo hacia mí, trayendo una guirnalda de hermosas flores que nunca había visto, y me la puso en el cuello. La idea fue recibida con un melódico aplauso, y en seguida todos corrieron de un lado a otro en busca de flores, y las arrojaron sobre mí riendo, hasta que casi me asfixiaron con flores. Los que nunca han visto algo parecido apenas pueden imaginar las delicadas y maravillosas flores que innumerables años de cultivo han creado. A continuación alguien sugirió que su juguete fuera expuesto en el edificio más cercano, y así me condujeron junto a la esfinge de mármol blanco, que había parecido observarme todo el tiempo con una sonrisa ante mi asombro, hasta que llegamos a un vasto edificio gris de piedra calada. Mientras iba con ellos, el recuerdo de mis confiadas anticipaciones de una posteridad profundamente grave e intelectual vino, con hilaridad, a mi mente.

«El edificio tenía una entrada enorme y en su conjunto tenía dimensiones colosales. Naturalmente, yo estaba más ocupado con la creciente multitud de gente pequeña y con los grandes portales abiertos que se abrían ante mí, sombríos y misteriosos. Mi impresión general del mundo que veía por encima de sus cabezas era un enmarañado desperdicio de hermosos arbustos y flores, un jardín más bien descuidado aunque sin maleza. Vi varias espigas altas de extrañas flores blancas, que medían un pie de alto, tal vez por la extensión de los pétalos encerados. Crecían dispersas, como si fueran silvestres, entre los arbustos abigarrados, pero, como digo, no las examiné de cerca en ese momento. La Máquina del Tiempo quedó abandonada en el césped entre los rododendros.

«El arco de la puerta estaba ricamente tallado, pero, naturalmente, no observé el tallado con detenimiento, aunque me pareció percibir sugerencias de antiguas decoraciones fenicias al pasar, y me pareció que estaban muy estropeadas y desgastadas por el tiempo. Varias personas mas, con vestidos brillantes, se reunieron conmigo en la puerta, y así entramos, yo, vestido con ropas deslucidas del siglo XIX, con un aspecto bastante grotesco, con guirnaldas de flores, y rodeado por una masa de túnicas brillantes y de colores suaves y miembros blancos brillantes, en un torbellino melodioso de risas y discursos risueños.

«La gran puerta se abría a un salón relativamente grande de color marrón. El techo estaba en sombra y las ventanas, en parte acristaladas con vidrios de colores y en parte sin cristales, admitían una luz templada. El suelo estaba formado por enormes bloques de un metal blanco muy duro, no placas ni losas... bloques, y estaba tan desgastado, según juzgué a causa del ir y venir de las generaciones pasadas, que tenía profundos canales a lo largo de los caminos más frecuentados. Transversalmente a la longitud había innumerables mesas hechas de losas de piedra pulida, elevadas, quizás, a un pie del suelo, y sobre ellas había montones de frutas. Algunas las reconocí como una especie de frambuesas y naranjas hipertrofiadas, pero en su mayoría eran extrañas.

«Entre las mesas había un gran número de cojines. En ellos se sentaron mis guías y me hicieron señas para que hiciera lo mismo. Con bastante ausencia de ceremonia, comenzaron a comer la fruta con las manos, arrojando cáscaras y tallos, etc., en aberturas redondas a los lados de las mesas. No me resistí a seguir su ejemplo, pues me sentía sediento y hambriento. Mientras lo hacía, observé la sala a mi antojo.

«Y quizá lo que más me llamó la atención fue su aspecto ruinoso. Los vitrales, que sólo mostraban un dibujo geométrico, estaban rotos en muchos lugares, y las cortinas que colgaban en la parte inferior estaban llenas de polvo. Y me llamó la atención que la esquina de la mesa de mármol que estaba cerca de mí estaba fracturada. Sin embargo, el efecto general era extremadamente rico y pintoresco. Había, tal vez, un par de cientos de personas cenando en la sala y la mayoría de ellas estaban sentadas tan cerca de mí como era posible, me observaban con interés, con sus ojitos brillando sobre la fruta que comían. Todos estaban vestidos con el mismo material suave, pero fuerte y sedoso.

«La fruta, por cierto, era toda su dieta. Esta gente del futuro remoto era estrictamente vegetariana y, mientras estuve con ellos, a pesar de algunos antojos de carne, tuve que ser también frugívoro. De hecho, más tarde descubrí que los caballos, el ganado, las ovejas y los perros habían seguido al ictiosaurio en el camino de la extinción. Pero las frutas eran deliciosas; una, en particular, que parecía estar en temporada todo el tiempo que estuve allí —una cosa harinosa con cáscara por tres lados— era especialmente sabrosa y la convertí en mi alimento básico. Al principio me desconcertaron todas estas extrañas frutas y las extrañas flores que vi, pero más tarde empecé a percibir su importancia.

«Sin embargo, ahora les hablo de mi cena de frutas en un futuro lejano. Tan pronto como mi apetito estuvo un poco controlado, decidí hacer el intento de aprender el habla de esta nueva gente mía. Estaba claro que eso era lo siguiente que había que hacer. Las frutas me parecieron algo conveniente para empezar y, sosteniendo una de ellas en alto, comencé una serie de sonidos y gestos interrogativos. Tuve algunas dificultades considerables para transmitir lo que quería decir. Al principio mis esfuerzos se encontraron con una mirada de sorpresa o con una risa inacabable, pero en seguida una criaturita de pelo rubio pareció captar mi intención y repitió un nombre. Tuvieron que charlar y explicarse largamente el asunto y mis primeros intentos de emitir los pequeños y exquisitos sonidos de su idioma causaron una inmensa cantidad de genuina, aunque incivil, diversión. Sin embargo, me sentí como un maestro de escuela en medio de los niños y persistí, y pronto tuve al menos una veintena de sustantivos a mi alcance; y luego llegué a los pronombres demostrativos e incluso al verbo "comer". Pero era un trabajo lento, y las personitas pronto se cansaban y querían sustraerse a mis interrogatorios, por lo que decidí, más bien por necesidad, dejar que dieran sus lecciones en pequeñas dosis cuando se sintieran inclinadas. Y, al poco tiempo, me parecieron que eran realmente muy pequeñas dosis, pues nunca conocí gente más indolente ni que se fatigara con mayor facilidad.

«Pronto descubrí algo extraño en mis pequeños anfitriones: su falta de interés. Se acercaban a mí con ansiosos gritos de asombro, como los niños, pero, también como los niños, pronto dejaban de examinarme y se alejaban tras algún otro juguete. Terminada la cena y mis inicios de conversación, noté por primera vez que casi todos los que me habían rodeado al principio se habían ido. Es extraño, también, lo rápido que llegué a ignorar a estas personitas. Volví a salir por el portal, hacia el mundo iluminado por el sol tan pronto como mi hambre fue satisfecha. Continuamente me encontraba con más de estos hombres del futuro, que me seguían a poca distancia, charlaban y se reían de mí y, tras sonreír y gesticular amistosamente, me dejaban de nuevo a mi suerte.

«La calma del atardecer se cernía sobre el mundo cuando salí del gran salón, y la escena estaba iluminada por el cálido resplandor del sol poniente. Al principio las cosas eran muy confusas. Todo era tan diferente del mundo que había conocido, incluso las flores. El gran edificio que había dejado estaba situado en la ladera de un amplio valle fluvial, pero el Támesis se había desplazado, una milla tal vez desde su posición actual. Decidí subir a la cumbre de una colina, tal vez a una milla y media de distancia, desde la cual podría obtener una vista más amplia de este, nuestro planeta, en el año Ochocientos y Dos Mil Setecientos Uno, d.C. Porque esa, debo explicar, era la fecha que registraban los pequeños diales de mi máquina.

«Mientras caminaba, buscaba cualquier impresión que pudiera ayudar a explicar la condición de esplendor ruinoso en la que encontraba el mundo, pues ruinoso era. Un poco más arriba de la colina, por ejemplo, había un gran montón de granito, unido por masas de aluminio, un vasto laberinto de paredes caídas y montones derrumbados, en medio de los cuales había gruesos montones de plantas muy hermosas, con formas de pagoda —posiblemente ortigas— pero maravillosamente teñidas de marrón en las hojas, e incapaces de causar picazón. Evidentemente, se trataba de los restos abandonados de una gran estructura, cuya finalidad no pude determinar. Fue aquí donde estaba destinado, en una fecha posterior, a tener una experiencia muy extraña, el primer indicio de un descubrimiento aún más extraño... pero de eso hablaré en su debido lugar.

«Mirando a mi alrededor, con un pensamiento repentino, desde una terraza en la que descansé un rato, me di cuenta de que no se veía ninguna casita. Al parecer, la casa individual, y posiblemente incluso el hogar, habían desaparecido. Aquí y allá, entre la vegetación, había edificios de tipo palaciego, pero la casa y el cottage, que constituyen rasgos tan característicos de nuestro propio paisaje inglés, habían desaparecido.

«"Comunismo", me dije.

«Y a raíz de eso me vino otro pensamiento. Miré a la media docena de pequeñas figuras que me seguían. Entonces, en un instante, percibí que todas tenían la misma forma de traje, el mismo rostro suave y sin bello y la misma redondez femenina en las extremidades. Puede parecer extraño, tal vez, que no me haya dado cuenta de esto antes. Pero todo era muy extraño. En ese momento vi el hecho con bastante claridad. En cuanto a la vestimenta, y a todas las diferencias de textura y porte que ahora distinguen a los sexos entre sí, estas personas del futuro eran todas iguales. Y los niños me parecían las miniaturas de sus padres. Juzgué entonces que los niños de aquella época eran extremadamente precoces, al menos físicamente, y más tarde encontré abundante verificación de mi opinión.

«Al ver la facilidad y la seguridad con la que vivía esta gente, sentí que esta estrecha semejanza de los sexos era, después de todo, lo que cabía esperar; pues la fuerza del hombre y la suavidad de la mujer, la institución de la familia y la diferenciación de las ocupaciones son meras necesidades militantes de una época marcada por la fuerza física. Cuando la población es equilibrada y abundante, la procreación se convierte en un mal más que en una bendición para el Estado; cuando la violencia es escasa y la descendencia está asegurada, hay menos necesidad —de hecho, no hay necesidad— de una familia eficiente, y la especialización de los sexos con referencia a las necesidades de sus hijos desaparece. Vemos algunos inicios de esto incluso en nuestro propio tiempo y en esta era futura el proceso había sido completado. Esto, debo recordarlo, era mi especulación en ese momento. Más tarde, me di cuenta de lo lejos que estaba de la realidad.

«Mientras reflexionaba sobre estas cosas, mi atención fue atraída por una pequeña y bonita estructura, como un pozo bajo una cúpula. Pensé transitoriamente en lo extraño que era que los pozos siguieran existiendo y luego retomé el hilo de mis especulaciones. No había grandes edificios hacia la cima de la colina, y como mis facultades para caminar eran evidentemente milagrosas, en seguida me quedé solo por primera vez. Con una extraña sensación de libertad y aventura, seguí subiendo hasta la cima.

«Allí encontré un banco hecho de un metal amarillo que no reconocí, corroído en algunas partes por una especie de óxido rosado y medio cubierto de suave musgo, con los reposabrazos moldeados y limados en forma de cabeza de grifo. Me senté en él y contemplé la amplia vista de nuestro viejo mundo bajo el atardecer de aquel largo día. Era una vista tan dulce y hermosa como jamás he visto. El sol ya había descendido por el horizonte y el oeste era de un dorado flamígero, tocado con algunas barras horizontales de púrpura y carmesí. Abajo estaba el valle del Támesis, en el que el río se extendía como una banda de acero bruñido. Ya he hablado de los grandes palacios salpicados entre el abigarrado verdor, algunos en ruinas y otros todavía ocupados. Aquí y allá se alzaba una figura blanca o plateada en el jardín baldío de la tierra, aquí y allá aparecía la aguda línea vertical de alguna cúpula u obelisco. No había setos, ni signos de derechos de propiedad, ni evidencia de agricultura; toda la tierra se había convertido en un jardín.

«Así, observando, empecé a formar mi interpretación sobre las cosas que había visto, y tal como se me presentó esa noche, mi interpretación fue algo así. (Más tarde descubrí que sólo había obtenido una verdad a medias... o sólo una visión de una faceta de la verdad).

«Me pareció que había encontrado a la humanidad en decadencia. El rojizo atardecer me hizo pensar en el ocaso de la humanidad. Por primera vez empecé a darme cuenta de una extraña consecuencia del esfuerzo social en el que estamos inmersos actualmente. Y, sin embargo, ahora que lo pienso, es una consecuencia bastante lógica. La fuerza es el resultado de la necesidad; la seguridad supone una prima para la debilidad. La labor de mejorar las condiciones de vida —el verdadero proceso civilizador que hace que la vida sea cada vez más segura— había llegado a su punto culminante. Cada triunfo de toda la humanidad sobre la naturaleza había sido seguido por otro triunfo. Cosas que ahora son meros sueños se habían convertido en proyectos deliberadamente puestos en marcha y llevados adelante. ¡Y la cosecha era lo que yo veía!

«Después de todo, la salubridad y la agricultura de hoy en día están todavía en una etapa rudimentaria. La ciencia de nuestro tiempo no ha atacado más que un pequeño sector del vasto campo de las enfermedades humanas, pero, aun así, extiende sus operaciones de manera constante y persistente. Nuestra agricultura y horticultura destruyen una mala hierba aquí y allá y cultivan tal vez una veintena de plantas saludables, dejando que el mayor número luche por un equilibrio como pueda. Mejoramos nuestras plantas y animales favoritos —y qué pocos son— gradualmente mediante la cría selectiva; ahora un nuevo y mejor melocotón, ahora una uva sin semillas, ahora una flor más grande y de aroma más dulce, ahora una raza de ganado más adaptable. Los mejoramos gradualmente, porque nuestros ideales son vagos y tentativos, y nuestros conocimientos son muy limitados; porque la Naturaleza, también, es tímida y lenta en nuestras torpes manos. Algún día todo esto estará mejor organizado, aún mejor que eso. Esa es la dirección de la corriente a pesar de los remolinos. El mundo entero será inteligente, educado y cooperante; las cosas se moverán cada vez más rápido hacia el sometimiento de la Naturaleza. Al final, sabia y cuidadosamente reajustaremos el equilibrio de la vida animal y vegetal para que se adapte a nuestras necesidades humanas.

«Este ajuste, digo, debe haber sido hecho, y bien hecho; debe ciertamente haber adquirido estabilidad, haber sido desarrollado en el espacio de Tiempo que mi máquina había saltado. El aire estaba libre de mosquitos, la tierra de malas hierbas u hongos; por todas partes había frutas y flores, dulces y deliciosas; brillantes mariposas volaban de aquí para allá. Se había alcanzado el ideal de la medicina preventiva. Las enfermedades habían sido erradicadas. No vi ninguna evidencia de enfermedades contagiosas durante toda mi estancia. Y tendré que decirles más tarde que incluso los procesos de putrefacción y descomposición se habían visto profundamente afectados por estos cambios.

«También se habían logrado triunfos sociales. Vi a la humanidad alojada en espléndidos refugios, gloriosamente vestida, y hasta ahora no los había encontrado ocupados en ningún trabajo. No había signos de lucha, ni social ni económica. El comercio, la publicidad, el tráfico, todo ese oficio que constituye el cuerpo de nuestro mundo, había desaparecido. Era natural que en aquella tarde dorada me asaltara la idea de un paraíso social. Supuse que se había superado la dificultad del aumento de la población, y que ésta había dejado de crecer.

«Pero con este cambio de condición vienen inevitablemente las adaptaciones al cambio. ¿Cuál es, a menos que la ciencia biológica sea un cúmulo de errores, la causa de la inteligencia y el vigor humanos? La penuria y la libertad: condiciones en las que los activos, los fuertes y los sutiles sobreviven y los más débiles perecen; condiciones que ponen en valor la alianza leal de los hombres capaces, el autocontrol, la paciencia y la decisión. Y la institución de la familia, y las emociones que surgen en ella, los celos feroces, la ternura por la prole, la abnegación paterna, todo ello encontró su justificación y apoyo en los peligros inminentes que pueden afectar a los jóvenes. *Ahora bien*, ¿dónde están esos peligros inminentes? Está surgiendo un sentimiento, y crecerá, contra los celos conyugales, contra la maternidad feroz, contra la pasión de todo tipo;

cosas innecesarias ahora, y cosas que nos incomodan, supervivencias de lo salvaje, discordias en una vida refinada y agradable.

«Pensé en la ligereza física de la gente, en su falta de inteligencia y en esas grandes y abundantes ruinas, y eso reforzó mi creencia en una perfecta conquista de la Naturaleza. Porque después de la batalla viene la Calma. La humanidad había sido fuerte, enérgica e inteligente, y había utilizado toda su abundante vitalidad para alterar las condiciones en las que vivía. Y luego vino la reacción a las condiciones alteradas.

«Bajo las nuevas condiciones de perfecto confort y seguridad, esa energía inquieta, que para nosotros es la fuerza, se convertiría en debilidad. Incluso en nuestra época, ciertas tendencias y deseos, antes necesarios para la supervivencia, son una fuente constante de fracaso. El valor físico y el amor a la batalla, por ejemplo, no son de gran ayuda —incluso pueden ser obstáculos— para un hombre civilizado. Y en un estado de equilibrio y seguridad física, el poder, tanto intelectual como físico, estaría fuera de lugar. Juzgué que durante innumerables años no había habido peligro de guerra o violencia solitaria, ni peligro de bestias salvajes, ni enfermedades que requirieran fuerza en la constitución, ni necesidad de trabajo. Para una vida así, los que deberíamos llamar débiles están tan bien equipados como los fuertes, de hecho ya no son débiles. Incluso, están mejor equipados, ya que los fuertes se verían afectados por una energía para la que no hay salida. Sin duda, la exquisita belleza de los edificios que vi fue el resultado de las últimas operaciones de la energía de la humanidad, ahora sin propósito, antes de que se estableciera en perfecta armonía con las condiciones en las que vivía... el florecimiento de ese triunfo que inició la última gran paz. Este ha sido siempre el destino de la energía en la seguridad; se lleva consigo el arte y el erotismo, y luego vienen la languidez y la decadencia.

«Incluso este ímpetu artístico se extinguiría al final... ya casi había muerto en el Tiempo que vi. Adornarse con flores, bailar, cantar a la luz del sol; eso quedaba del espíritu artístico, y nada más. Incluso eso se desvanecería al final en una feliz inactividad. Nuestro filo se mantiene sobre la piedra de afilar que son el dolor y la necesidad, ¡y me pareció que aquí estaba esa odiosa piedra de afilar rota al fin!

«Mientras permanecía allí, en la oscuridad creciente, pensé que en esta sencilla explicación había dominado el problema del mundo... había dominado todo el secreto de esta deliciosa gente. Posiblemente los controles que habían ideado para el aumento de la población habían tenido demasiado éxito, y su número había disminuido en lugar de mantenerse estacionario. Eso explicaría las ruinas abandonadas. Mi explicación era muy sencilla y bastante plausible... ¡como lo son la mayoría de las teorías erróneas!

«Mientras estaba allí, meditando sobre este triunfo demasiado perfecto de la humanidad, la luna llena, amarilla y gibosa, salió de un desbordamiento de luz plateada en el noreste. Las pequeñas figuras brillantes dejaron de moverse por debajo, un búho silencioso revoloteó, y yo temblé con el frío de la noche. Decidí descender y encontrar un lugar donde poder dormir.

«Busqué el edificio que conocía. En ese momento mi vista se dirigió a la figura de la Esfinge Blanca sobre el pedestal de bronce que se distinguía a medida que la luz de la luna creciente se hacía más brillante. Pude ver el abedul plateado contra ella. Allí estaba la maraña de arbustos de rododendro, negros en la pálida luz, y allí estaba la pequeña parcela de césped. Volví a mirar el césped. Una extraña duda heló mi complacencia. "No", me dije con firmeza, "esa no era la parcela de césped".

«Pero *era* la parcela de césped. Porque el rostro blanco y leproso de la esfinge miraba hacia allí. ¿Pueden imaginar lo que sentí cuando esta convicción llegó a mí? No, no pueden. ¡La Máquina del Tiempo había desaparecido!

«De inmediato, como un latigazo en la cara, había llegado la posibilidad de perder mi propia era, de quedar desamparado en este extraño nuevo mundo. El mero hecho de pensarlo se convertía en una sensación física real. Podía sentir que me atenazaba la garganta y me impedía respirar. Al momento siguiente, el miedo se apoderaba de mí y yo corría a grandes zancadas por la ladera. En una ocasión me caí de cabeza y me corté la cara; no perdí tiempo en contener la sangre, sino que me levanté de un salto y seguí corriendo, con un goteo caliente cayendo por la mejilla y la barbilla. Todo el tiempo que corría me decía "la han movido un poco, la han empujado bajo los arbustos para que no estorbe". Sin embargo, corrí con todas mis fuerzas. Todo el tiempo tuve la certeza que a veces acompaña al miedo excesivo, sabía que esa seguridad era una locura, sabía instintivamente que la máquina había sido puesta fuera de mi alcance. Mi respiración era dolorosa. Supongo que cubrí toda la distancia desde la cresta de la colina hasta la pequeña parcela de césped, dos millas quizás, en diez minutos. Y no soy un hombre joven. Maldije en voz alta, mientras corría, mi confiada insensatez al dejar la máquina, desperdiciando así un buen aliento. Grité en voz alta y nadie respondió. Ninguna criatura parecía moverse en aquel mundo iluminado por la luna.

«Cuando llegué al césped, mis peores temores se hicieron realidad. No había rastro de la cosa. Me sentí débil y frío cuando me enfrenté al espacio vacío entre la negra maraña de arbustos. Lo recorrí furiosamente, como si la cosa pudiera estar escondida en un rincón, y luego me detuve bruscamente, agarrando mi cabello con las manos. Sobre mí se alzaba la esfinge, sobre el pedestal de bronce, blanca, brillante, leprosa, a la luz de la luna creciente. Parecía sonreír, burlándose de mi consternación.

«Podría haberme consolado imaginando que las personitas habían puesto el mecanismo en algún refugio —para mí— si no me hubiera sentido seguro de su insuficiencia física e intelectual. Eso es lo que me consternaba: la sensación de un poder hasta ahora insospechado, por cuya intervención mi invento se había desvanecido. Sin embargo, estaba seguro de una cosa: a menos que alguna otra época hubiera producido su duplicado exacto, la máquina no podría haberse movido en el tiempo. La fijación de las palancas —más adelante les mostraré el método— impedía que nadie la manipulara al efecto cuando estaban quitadas. Habían movido la máquina, sólo que en el espacio, y estaba escondida. Pero entonces, ¿dónde podría estar?

«Creo que debo haber sentido una especie de frenesí. Recuerdo haber corrido violentamente entre los arbustos iluminados por la luna alrededor de la esfinge, y haber asustado a algún animal blanco que, en la penumbra, tomé por un pequeño ciervo. Recuerdo también, a última hora de la noche, haber golpeado los arbustos con el puño cerrado hasta que me herí los nudillos y me sangraron por las ramitas rotas. Entonces, sollozando y desvariando en mi angustia mental, bajé al gran edificio de piedra. El gran salón estaba oscuro, silencioso y desierto. Resbalé en el suelo irregular y caí sobre una de las mesas de malaquita, casi rompiéndome la canilla. Encendí una cerilla y pasé por delante de las cortinas polvorientas de las que les he hablado.

«Allí encontré una segunda gran sala cubierta de cojines, sobre la que, tal vez, dormían una veintena de personitas. No me cabe duda de que mi segunda aparición les resultó bastante extraña, al salir repentinamente de la tranquila oscuridad con ruidos inarticulados y el chisporroteo y el resplandor de una cerilla. Porque ellos habían olvidado que existían las cerillas. "¿Dónde está mi Máquina del Tiempo?", empecé a decir, berreando como un niño enfadado, poniéndoles las manos encima y sacudiéndolos al mismo tiempo. Debió de resultarles muy extraño. Algunos se rieron, la mayoría parecía muy asustada. Cuando los vi de pie a mi alrededor, me vino a la cabeza que estaba cometiendo la mayor tontería posible, dadas las circunstancias, al tratar de revivir la sensación de miedo. Porque, razonando a partir de su comportamiento a la luz del día, pensé que el miedo debía haber sido olvidado.

«De repente, me lancé, y derribando a una de las personas en mi camino, fui dando tumbos por el gran comedor de nuevo, bajo la luz de la luna. Oí gritos de terror y sus piececitos corriendo y tropezando de un lado a otro. No recuerdo cada detalle de lo que hice mientras la luna subía por el cielo. Supongo que fue la naturaleza inesperada de mi pérdida lo que me enloqueció. Me sentía irremediablemente aislado de los míos... un animal extraño en un mundo desconocido. Debí de desvariar de un lado a otro, gritando y llorando a Dios y al Destino. Tengo el recuerdo de una horrible fatiga, a medida que la larga noche de desesperación se iba consumiendo; de buscar en cada lugar imposible; de andar a tientas entre las ruinas iluminadas por la luna y de tocar extrañas criaturas en las negras sombras; por fin, de tumbarme en el suelo cerca de la esfinge y llorar con absoluta desdicha, incluso la ira por la insensatez de abandonar la máquina se había esfumado junto con mis fuerzas. No me quedaba más que la miseria. Luego dormí, y cuando me desperté de nuevo era pleno día, y un par de gorriones saltaban a mi alrededor en el césped, al alcance de mi brazo.

«Me senté al fresco de la mañana, tratando de recordar cómo había llegado allí, y por qué tenía una sensación tan profunda de abandono y desesperación. Entonces las cosas se aclararon en mi mente. Con la luz del día, tan razonable, pude mirar mis circunstancias cara a cara. Vi la salvaje locura de mi frenesí de la noche anterior, y pude razonar conmigo mismo. "Supongamos lo peor", dije. "Supongamos que la máquina esté totalmente perdida... tal vez destruida. Me corresponde tener calma y paciencia, aprender el modo de ser de esta gente, tener una idea clara de cómo se perdió, y los medios para conseguir materiales y herramientas; para que al final, tal vez, pueda fabricar otra". Esa iba a ser mi única esperanza, una débil esperanza, tal vez, pero mejor que la desesperación. Y, después de todo, era un mundo hermoso y curioso.

«Pero probablemente la máquina sólo había sido apartada. Aun así, yo debía mantener la calma y la paciencia, encontrar su escondite y recuperarla por la fuerza o por la astucia. Y con eso me puse en pie y miré a mi alrededor, preguntándome dónde podría bañarme. Me sentía cansado, rígido y sucio por el viaje. La frescura de la mañana me hizo desear una frescura igual. Había agotado mi emoción. De hecho, mientras seguía con mis asuntos, me encontré preguntándome por mi intensa excitación de la noche anterior. Examiné cuidadosamente el suelo de la pequeña parcela de césped. Perdí algo de tiempo en inútiles preguntas, comunicadas, como pude, a la pequeña gente que se acercaba. Ninguno entendía mis gestos; algunos se quedaban simplemente inmóviles, otros pensaban que era una broma y se reían de mí. Me costó lo indecible mantener las manos alejadas de sus bonitas caras risueñas. Era un impulso insensato, pero el demonio engendrado por el miedo y la ira ciega estaba apenas refrenado y seguía deseando aprovecharse de mi perplejidad. El césped me aconsejó mejor. Encontré un surco rasgado en él, más o menos a medio camino entre el pedestal de la esfinge y las marcas de mis pies donde, al llegar, había luchado con la máquina volcada. Había otras señales de remoción, con huellas extrañas y estrechas como las que podría imaginar que ha hecho un perezoso. Esto dirigió mi atención hacia el pedestal. Era, como creo haber dicho, de bronce. No era un simple bloque, sino que estaba muy decorado con grandes paneles enmarcados a ambos lados. Me acerqué a ellos y los golpeé. El pedestal estaba hueco. Al examinar los paneles con cuidado, descubrí que eran discontinuos, había una abertura entre los marcos. No había picaportes ni cerraduras, pero posiblemente los paneles, si eran puertas, como yo suponía, se abrían desde dentro. Una cosa estaba suficientemente clara en mi mente: no me costó mucho esfuerzo mental deducir que mi Máquina del Tiempo estaba dentro de aquel pedestal. Pero cómo había llegado allí era un problema diferente.

«Vi las cabezas de dos personas vestidas de naranja que venían hacia mí a través de los arbustos y bajo unos manzanos cubiertos de flores. Me volví sonriente hacia ellos y les hice señas para que se acercaran. Vinieron, y entonces, señalando el pedestal de bronce, intenté insinuar mi deseo de abrirlo. Pero ante mi primer gesto en ese sentido se comportaron de forma muy extraña. No sé cómo transmitirles su expresión. Supongamos que ustedes hicieran un gesto groseramente impropio a una mujer de mente delicada... así es como se vería. Se fueron como si hubieran recibido el máximo insulto posible. A continuación, probé con un muchacho blanco de aspecto dulce, con el mismo resultado. De alguna manera, su forma de actuar me hizo sentirme avergonzado de mí mismo. Pero, como saben, yo quería la Máquina del Tiempo, y lo intenté una vez más. Cuando se marchó, como los demás, mi temperamento se apoderó de mí. En tres zancadas fui tras él, lo tenía agarrado por la parte suelta de su túnica alrededor del cuello, y comencé a arrastrarlo hacia la esfinge. Entonces vi el horror y la repugnancia de su rostro, y de repente lo solté.

«Pero aún no estaba vencido. Golpeé con el puño los paneles de bronce. Me pareció oír que algo se movía en el interior —para ser explícito, me pareció oír un sonido como de risa—, pero debí de equivocarme. Entonces cogí una gran piedra del río, y me acerqué y martillé hasta que aplasté un rollo en las decoraciones, y el verdín se desprendió en copos de polvo. Las delicadas personitas debieron de oírme martillear en arremetidas a una milla de distancia para cada lado, pero no conseguí nada. Vi una multitud de ellos en las laderas, mirándome furtivamente. Por fin, acalorado y cansado, me senté a vigilar el lugar. Pero estaba demasiado inquieto como para vigilar mucho tiempo; soy demasiado occidental para una larga vigilia. Podría trabajar en un problema durante años, pero esperar inactivo durante veinticuatro horas... eso es otra cosa.

«Me levanté al cabo de un rato y comencé a caminar sin rumbo entre los arbustos hacia la colina de nuevo. "Paciencia", me dije. "Si quieres volver a tener tu máquina, debes dejar en paz a esa esfinge. Si pretenden quitarte la máquina, de poco sirve que destroces sus paneles de bronce, y si no lo hacen, la recuperarás en cuanto puedas pedirla. Sentarse entre todas esas cosas desconocidas ante un rompecabezas como ese no tiene remedio. Por ahí va la monomanía. Enfréntate a este mundo. Aprende sus formas, obsérvalo, ten cuidado con las conjeturas demasiado precipitadas sobre su significado. Al final encontrarás las claves de todo ello". Entonces, de repente, me vino a la mente el humor de la situación: el pensamiento de los años que había pasado estudiando y trabajando para llegar a la edad futura, y ahora mi pasión y ansiedad por salir de ella. Me había tendido a mi mismo la trampa más complicada y más desesperada que jamás haya ideado un hombre. Aunque fuera a mi costa, no pude evitarlo. Me reí en voz alta.

«Al atravesar el gran palacio, me pareció que la pequeña gente me evitaba. Puede que fuera mi imaginación, o puede que tuviera algo que ver con mi martilleo en las puertas de bronce. Sin embargo, estaba bastante seguro de que me evitaban. No obstante, tuve cuidado de no mostrar preocupación y de abstenerme de perseguirlos, y en el transcurso de uno o dos días las cosas volvieron a ser como antes. Hice los progresos que pude en el idioma y, además, impulsé mis exploraciones aquí y allá. O bien me perdí algún punto sutil o su lenguaje era excesivamente sencillo... casi exclusivamente compuesto por sustantivos y verbos concretos. Parecía haber pocos términos abstractos, si es que había alguno, o poco uso del lenguaje figurado. Sus frases solían ser sencillas y de dos palabras, y yo no lograba decir o entender más que las proposiciones más sencillas. Decidí poner el pensamiento de mi Máquina del Tiempo, y el misterio de las puertas de bronce bajo la esfinge, en un rincón de la memoria, en la medida de lo posible, hasta que mi creciente conocimiento me llevara de nuevo a ellos de una manera natural. Sin embargo, un cierto sentimiento, como comprenderán, me ataba a un círculo de unas pocas millas alrededor del punto de mi llegada.

VIII — EXPLICACIÓN

«Hasta donde podía ver, el mundo entero mostraba la misma exuberante riqueza que el valle del Támesis. Desde cada colina a la que subía veía la misma abundancia de espléndidos edificios, infinitamente variados en material y estilo; los mismos matorrales de árboles de hoja perenne, los mismos árboles cargados de flores y helechos arborescentes. Aquí y allá el agua brillaba como la plata, y más allá, la tierra se elevaba en azules colinas onduladas, y así se desvanecía en la serenidad del cielo. Un rasgo peculiar, que atrajo mi atención en ese momento, fue la presencia de ciertos pozos circulares, varios, como me pareció, de gran profundidad. Uno de ellos se encontraba junto al sendero que había seguido durante mi primera caminata. Al igual que los demás, estaba rodeado de bronce, curiosamente forjado, y protegido de la lluvia por una pequeña cúpula. Sentado al lado de aquellos pozos, y mirando hacia abajo en la oscuridad de ellos, no pude ver ningún destello de agua, ni pude lograr ningún reflejo con una cerilla encendida. Pero en todos ellos oí un cierto sonido: un ruido sordo, como el de un gran motor; y descubrí, por el brillo de mis cerillas, que una corriente constante de aire bajaba por los pozos. Además, arrojé un trozo de papel a uno de ellos y, en lugar de bajar lentamente, fue absorbido rápidamente hasta perderse de vista.

«Después de un tiempo, llegué a relacionar estos pozos con las altas torres que se alzaban aquí y allá en las laderas; porque por encima de ellas había a menudo un parpadeo en el aire como el que se ve en un día caluroso sobre una playa quemada por el sol. Poniendo estas cosas en relación, llegué a convencerme que había un extenso sistema de ventilación subterránea, cuyo verdadero impacto era difícil de imaginar. Al principio me sentí inclinado a asociarlo con el aparato sanitario de estas personas. Era una conclusión obvia, pero absolutamente errónea.

«Y aquí debo admitir que aprendí muy poco sobre desagües y campanas y modos de transporte, y comodidades similares, durante mi tiempo en este futuro real. En algunas de estas visiones de las Utopías y de los tiempos venideros que he leído, hay una gran cantidad de detalles sobre la construcción, y los arreglos sociales, y así sucesivamente. Pero mientras tales detalles son bastante fáciles de obtener cuando el mundo entero está contenido en la propia imaginación son totalmente inaccesibles para un verdadero viajero en medio de realidades como las que encontré aquí. Imagínense la historia de Londres que un negro, recién llegado del África Central, llevaría a su tribu. ¿Qué va a saber de las compañías de ferrocarril, de los movimientos sociales, de los cables de teléfono y telégrafo, de la Compañía de Reparto de Paquetes, y de los giros postales y similares? Sin embargo, nosotros, al menos, estaríamos lo suficientemente dispuestos a explicarle estas cosas. E incluso de lo que él sabía, ¿cuánto podría hacer comprender o creer a su inexperto amigo? Entonces, ¡piensen en lo estrecha que es la brecha entre un negro y un hombre blanco de nuestros tiempos, y lo amplio que es el intervalo entre yo y éstos de la Edad de Oro! Me di cuenta de muchas cosas que no se veían, y que contribuyeron a mi comodidad; pero salvo una impresión general de organización automática, me temo que puedo transmitir muy poco de esta diferencia a la mente de ustedes.

«En cuanto a los sepulcros, por ejemplo, no pude ver signos de crematorios ni nada que sugiriera la existencia de tumbas. Pero se me ocurrió que, posiblemente, podría haber cementerios (o crematorios) en algún lugar más allá del alcance de mis exploraciones. También en este caso me pregunté a mí mismo, y al principio mi curiosidad se frustró por completo. La cosa me desconcertó, y me llevó a hacer otra observación, que me desconcertó aún más: que entre esta gente no había ni ancianos ni enfermos.

«Debo confesar que mi satisfacción con mis primeras teorías de una civilización automática y una humanidad decadente no duró mucho. Sin embargo, no podía pensar en una alternativa. Permítanme exponer mis dificultades. Los numerosos grandes palacios que había explorado eran meros lugares para vivir, grandes comedores y apartamentos para dormir. No pude encontrar maquinaria, ni aparatos de ningún tipo. Sin embargo, esta gente iba vestida con tejidos agradables que a veces debían renovarse y, sus sandalias, aunque no estaban decoradas, eran objetos bastante complejos de trabajo en metal. De alguna manera, estas cosas deben ser hechas. Y la pequeña gente no mostraba ningún vestigio de tendencia creativa. No había tiendas, ni talleres, ni señales de importaciones entre ellos. Se dedicaban a jugar suavemente, a bañarse en el río, a hacer el amor de forma medio lúdica, a comer fruta y a dormir. No podía ver cómo se mantenían las cosas.

«Luego, de nuevo, sobre la Máquina del Tiempo: algo, no sabía qué, la había llevado al pedestal hueco de la Esfinge Blanca. *¿Por qué?* Lo juro por mi vida, no podía imaginarlo. También esos pozos sin agua, esos pilares parpadeantes. Sentí que me faltaba una pista. Sentí... ¿cómo decirlo? Supongamos que encuentran una inscripción, con frases aquí y allá en un excelente inglés sencillo, e interpoladas con ellas, otras formadas por palabras, por letras incluso, absolutamente desconocidas para ustedes. Pues bien, al tercer día de mi visita, ¡así fue como se me presentó el mundo de Ochocientos y Dos Mil Setecientos Uno!

«También aquel día hice una amistad... en cierto modo. Sucedió que, mientras observaba a algunos de las personitas que se bañaban en un lugar poco profundo, una de ellos sufrió un calambre y comenzó a ir a la deriva corriente abajo. La corriente principal era bastante rápida, pero no demasiado fuerte para un nadador medio. Les dará una idea, por lo tanto, de la extraña deficiencia de estas criaturas, cuando les diga que ninguna hizo el más mínimo intento de rescatar a la pobre cosita que se ahogaba ante sus ojos. Cuando me di cuenta de ello, me quité rápidamente la ropa y, vadeando un punto más abajo, cogí a la pobre criatura y la llevé a tierra firme. Un pequeño roce de las extremidades la hizo volver en sí, y tuve la satisfacción de ver que estaba bien antes de dejarla. Había llegado a estimar tan poco a su especie que no esperaba ninguna gratitud de ella. Sin embargo, me equivoqué.

«Esto ocurrió por la mañana. Por la tarde me encontré con mi mujercita, como creo que era, cuando volvía hacia mi centro desde una exploración, y me recibió con gritos de alegría y me regaló una gran guirnalda de flores... evidentemente hecha para mí y sólo para mí. La cosa despertó mi imaginación. Muy posiblemente me había sentido desolado. En cualquier caso, hice todo lo posible para mostrar mi agradecimiento por el regalo. Pronto estuvimos sentados juntos en un pequeño pabellón de piedra, enfrascados en una conversación, principalmente de sonrisas. La amabilidad de la criatura me afectó exactamente como lo hubiera hecho la de un niño. Nos pasamos flores y ella me besó las manos. Yo hice lo mismo con las suyas. Luego intenté hablar con ella y descubrí que su nombre era Weena, que, aunque no sé lo que significa, me pareció bastante apropiado. Ese fue el comienzo de una extraña amistad que duró una semana, y que terminó... ¡como les contaré!

«Era exactamente como una niña. Quería estar siempre conmigo. Intentaba seguirme a todas partes, y en mi siguiente viaje de ida y vuelta se me antojaba cansarla y dejarla por fin, exhausta y llamando tras de mí de forma bastante lastimera. Pero había que superar los problemas del mundo. Me dije que no había venido al futuro para llevar a cabo un coqueteo en miniatura. Sin embargo, su angustia cuando la dejaba era muy grande, sus quejas al separarse eran a veces frenéticas, y creo que, en conjunto, su devoción me causaba tantos problemas como consuelo. Sin embargo, ella fue, de alguna manera, un gran apoyo. Pensé que era un mero afecto infantil lo que la hacía aferrarse a mí. Hasta que fue demasiado tarde, no supe claramente lo que le había infligido cuando la dejé. Hasta que fue demasiado tarde no comprendí claramente lo que era para mí. Porque, por el mero hecho de parecer que me quería, y de demostrar con su débil y fútil manera que se preocupaba por mí, la pequeña muñeca que era la criatura me otorgó en ese momento la sensación de volver a casa cuando regresaba a la vecindad de la Esfinge Blanca; y yo buscaba su diminuta figura blanca y dorada tan pronto como llegaba a la colina.

«De ella también aprendí que el miedo aún no había abandonado el mundo. Era bastante intrépida a la luz del día, y tenía una extraña confianza en mí; porque una vez, en un momento de insensatez, le hice muecas amenazadoras y ella simplemente se rió de ellas. Pero ella temía la oscuridad, temía las sombras, temía las cosas negras. Para ella, la oscuridad era lo único que le daba miedo. Era una emoción singularmente apasionada, y me hizo pensar y observar. Descubrí entonces, entre otras cosas, que estos pequeños se reunían en las grandes casas al anochecer y dormían en tropel. Entrar en las casas sin luz era provocarles un tumulto de aprensión. Nunca encontré a ninguno fuera de las puertas, ni a ninguno durmiendo solo dentro de ellas, después de oscurecer. Sin embargo, yo seguía siendo tan idiota que me perdí la lección de ese miedo, y a pesar de la angustia de Weena, insistí en dormir lejos de esas multitudes adormecidas.

«Le preocupaba mucho, pero al final triunfó su extraño afecto por mí, y durante cinco de las noches que nos conocimos, incluida la última, durmió con la cabeza apoyada en mi brazo. Pero mi historia se me va de las manos al hablar de ella. Debió de ser la noche anterior a su rescate cuando me despertaron al amanecer. Había estado inquieto, soñando muy desagradablemente que me ahogaba y que las anémonas de mar me palpaban la cara con sus suaves palpos. Me desperté con un sobresalto, y con la extraña sensación de que algún animal grisáceo acababa de salir corriendo de la cámara. Intenté volver a dormirme, pero me sentía inquieto e incómodo. Era esa hora gris y tenue en que las cosas acaban de salir de la oscuridad, cuando todo es incoloro y claro, y sin embargo irreal. Me levanté y bajé al gran vestíbulo, y así salí a las losas frente al palacio. Pensé en hacer de la necesidad virtud, y ver el amanecer.

«La luna se estaba poniendo, y la moribunda luz de la luna y la primera palidez del amanecer se mezclaban en una espantosa penumbra. Los arbustos eran negros como la tinta, el suelo gris sombrío, el cielo incoloro y sin alegría. Y en la colina me pareció ver fantasmas. Tres veces, al escudriñar la ladera, vi figuras blancas. Dos veces me pareció ver una criatura blanca y solitaria, parecida a un simio, que subía rápidamente por la colina, y una vez, cerca de las ruinas, vi una correa que llevaba un cuerpo oscuro. Se movían apresuradamente. No vi qué fue de ellos. Parecía que habían desaparecido entre los arbustos. Al amanecer le faltaba aún distinción, deben entenderlo. Sentía esa sensación de frío, de incertidumbre, propio a la madrugada, que quizá conozcan. Dudaba de mis ojos.

«A medida que el cielo del este se hacía más brillante, y la luz del día se encendía y su vivo colorido regresaba al mundo una vez más, escudriñé el panorama con agudeza. Pero no vi ningún vestigio de mis figuras blancas. Eran meras criaturas de la penumbra. "Debían de ser fantasmas", me dije. "Me pregunto de cuándo serán". Porque una extraña idea de Grant Allen me vino a la cabeza y me divirtió. Si cada generación muere y deja fantasmas, argumentó, el mundo al final se llenará de ellos. Según esa teoría, habrían crecido innumerables hace unos ochocientos y dos mil años, y no era de extrañar ver cuatro a la vez. Pero la broma no era satisfactoria, y estuve pensando en esas figuras toda la mañana, hasta que el rescate de Weena las sacó de mi cabeza. Los asocié de alguna manera indefinida con el animal blanco que había asustado en mi primera búsqueda apasionada de la Máquina del Tiempo. Pero Weena era una agradable sustituta. Sin embargo, pronto estaban destinados a adueñarse de mi mente de forma mucho más mortífera.

«Creo haber dicho que el clima de esta Edad de Oro era mucho más caluroso que el nuestro. No puedo explicarlo. Puede ser que el sol fuera más caliente, o que la tierra estuviera más cerca del sol. Es habitual suponer que el sol seguirá enfriándose constantemente en el futuro. Pero la gente, que no está familiarizada con especulaciones como las del joven Darwin, olvida que los planetas deben, en última instancia, retroceder uno a uno hacia el cuerpo madre. Cuando se produzcan estas catástrofes, el sol brillará con una energía renovada; y puede ser que algún planeta interior haya sufrido este destino. Sea cual sea la razón, el hecho es que el sol era mucho más caliente de lo que conocemos.

«Pues bien, una mañana muy calurosa —la cuarta, creo—, mientras buscaba refugio del calor y del resplandor en una ruina colosal cercana a la gran casa donde dormía y me alimentaba, ocurrió esta cosa extraña: trepando entre esos montones de mampostería, encontré una estrecha galería, cuyas ventanas laterales y las de los extremos estaban bloqueadas por piedras caídas. En contraste con la brillantez del exterior, al principio me pareció impenetrablemente oscuro. Entré en ella a tientas, pues el cambio de la luz a la oscuridad hacía que las manchas de color nadaran ante mí. De repente, me detuve hechizado. Un par de ojos, luminosos por el reflejo de la luz del día, me observaban desde la oscuridad.

«El viejo temor instintivo por las bestias salvajes se apoderó de mí. Apreté las manos y miré con firmeza a los ojos de la bestia. Tenía miedo de darme la vuelta. Entonces me vino a la mente la absoluta seguridad en la que parecía vivir la humanidad. Y luego recordé ese extraño terror a la oscuridad. Superando en cierta medida mi miedo, avancé un paso y hablé. Reconozco que mi voz era áspera y mal controlada. Extendí la mano y toqué algo suave. Al instante, los ojos se desviaron y algo blanco pasó corriendo a mi lado. Me volví con el corazón en la boca y vi una extraña figura simiesca, con la cabeza agachada de una manera peculiar, corriendo por el espacio iluminado por el sol detrás de mí. Tropezó con un bloque de granito, se tambaleó a un lado y en un momento se ocultó en una sombra negra bajo otro montón de mampostería en ruinas.

«Mi impresión es, por supuesto, imperfecta; pero sé que era de un blanco opaco y que tenía unos extraños y grandes ojos rojo-grisáceos; también que tenía pelo liso en la cabeza y en la espalda. Pero, como digo, iba demasiado rápido para que yo pudiera verlo con claridad. Ni siquiera puedo decir si corría a cuatro patas o sólo con los antebrazos muy bajos. Tras una pausa de un instante, lo seguí hasta el segundo montón de ruinas. Al principio no pude encontrarlo; pero, después de un tiempo en la profunda oscuridad, di con una de esas aberturas redondas en forma de pozo de las que les he hablado, medio cerrada por un pilar caído. Me vino un pensamiento repentino. ¿Podría esta cosa haber desaparecido por el pozo? Encendí una cerilla y, al mirar hacia abajo, vi una pequeña criatura blanca que se movía, con grandes ojos brillantes que me miraban fijamente mientras se retiraba. Me hizo estremecer. ¡Era tan parecida a una araña humana! Estaba trepando por la pared, y ahora vi por primera vez una serie de apoyos metálicos para los pies y las manos que formaban una especie de escalera por el pozo. Entonces la cerilla me quemó los dedos y se me cayó de la mano, apagándose al caer, y cuando encendí otra el pequeño monstruo había desaparecido.

«No sé cuánto tiempo estuve sentado mirando el pozo. Durante algún tiempo no pude convencerme de que lo que había visto era humano. Pero, poco a poco, fui comprendiendo la verdad: que el Ser Humano no había permanecido como una sola especie, sino que se había diferenciado en dos animales distintos: que mis agraciados hijos del Mundo Superior no eran los únicos descendientes de nuestra generación, sino que aquella Cosa blanqueada, obscena y nocturna, que había aparecido ante mí, era también heredera de todas las épocas.

«Pensé en los pilares que afectaban el aire y en mi teoría de una ventilación subterránea. Empecé a sospechar su verdadero significado. Y me pregunté qué hacía este Lémur en mi esquema de una organización perfectamente equilibrada. ¿Qué relación tenía con la indolente serenidad de los bellos habitantes del Mundo Exterior? ¿Y qué se escondía allí abajo, al pie de aquel pozo? Me senté en el borde del pozo diciéndome que, en todo caso, no había nada que temer, y que allí debía descender para resolver mis dificultades. Y, sin embargo, ¡tenía mucho miedo de ir! Mientras dudaba, dos de los hermosos habitantes del mundo superior vinieron corriendo en su deporte amoroso a través de la luz del día en la sombra. El macho perseguía a la hembra, arrojándole flores mientras corría.

«Parecían afligidos al encontrarme, con el brazo apoyado en la columna derribada, mirando hacia el pozo. Al parecer, se consideraba de mala educación observar estas aberturas, pues cuando señalé ésta y traté de formular una pregunta al respecto en su lengua, se mostraron todavía más angustiados y se apartaron. Pero les interesaron mis cerillas, y para divertirlos encendí algunas. Volví a intentar hablar acerca del pozo, y de nuevo fracasé. Así que los dejé, con la intención de volver con Weena y ver qué podía obtener de ella. Pero mi mente ya estaba revolucionada; mis conjeturas e impresiones se deslizaban hacia un nuevo ajuste. Ahora tenía una pista sobre el significado de estos pozos, sobre las torres de ventilación, sobre el misterio de los fantasmas; por no hablar de un indicio sobre el significado de las puertas de bronce y el destino de la Máquina del Tiempo. Y muy vagamente llegó una sugerencia hacia la solución del problema económico que me había desconcertado.

«Este era el nuevo punto de vista. Claramente, esta segunda especie de Ser Humano era subterránea. Había tres circunstancias en particular que me hacían pensar que su rara aparición en la superficie era el resultado de un hábito subterráneo prolongado. En primer lugar, estaba el aspecto blanqueado común en la mayoría de los animales que viven en gran parte en la oscuridad... los peces blancos de las cuevas de Kentucky, por ejemplo. Además, esos grandes ojos, con esa capacidad de reflejar la luz, son características comunes de los seres nocturnos... como el búho y el gato. Y, por último, esa evidente confusión a la luz del sol, esa apresurada y a la vez torpe huida hacia la sombra oscura, y ese peculiar porte de la cabeza cuando está a la luz... todo ello reforzaba la teoría de una extrema sensibilidad de la retina.

«Bajo mis pies, pues, la tierra debe estar enormemente tunelada, y estos túneles eran el hábitat de la Nueva Raza. La presencia de pozos de ventilación y pozos a lo largo de las laderas de las colinas —en todas partes, de hecho, excepto a lo largo del valle del río— mostraba cuán universales eran sus ramificaciones. ¿Qué es tan natural, entonces, sino suponer que era en este Inframundo artificial donde se realizaban los trabajos necesarios para la comodidad de la raza diurna? La idea era tan plausible que la acepté de inmediato y pasé a suponer el *cómo* de esta división de la especie humana. Me atrevo a decir que anticiparán la forma de mi teoría; aunque, en lo que a mí respecta, muy pronto sentí que estaba muy lejos de la verdad.

«Al principio, partiendo de los problemas de nuestra propia época, me pareció claro como la luz del día que la ampliación gradual de la actual diferencia meramente temporal y social entre el Capitalista y el Trabajador era la clave de toda la teoría. Sin duda les parecerá bastante grotesco —y salvajemente increíble— y, sin embargo, incluso ahora existen circunstancias que señalan en esa dirección. Hay una tendencia a utilizar el espacio subterráneo para los fines menos ornamentales de la civilización; está el Ferrocarril Metropolitano de Londres, por ejemplo, hay nuevos ferrocarriles eléctricos, hay trenes subterráneos, hay salas de trabajo y restaurantes subterráneos... aumentan y se multiplican. Evidentemente, pensé, esta tendencia había crecido hasta que la Industria había perdido gradualmente su derecho de nacimiento bajo el cielo. Quiero decir que se había adentrado más y más en fábricas subterráneas cada vez más grandes, pasando en ellas una cantidad de tiempo cada vez mayor, hasta que, al final... Incluso ahora, ¿no vive un trabajador del East End en condiciones tan artificiales como para estar prácticamente aislado de la superficie natural de la tierra?

«Además, la tendencia exclusiva de la gente más rica —debido, sin duda, al creciente refinamiento de su educación y a la creciente brecha entre ellos y la ruda violencia de los pobres— ya está conduciendo al cerramiento, en su interés, de considerables porciones de la superficie de la tierra. Alrededor de Londres, por ejemplo, tal vez la mitad de las zonas más bellas están cerradas a la intrusión. Y este mismo abismo creciente —que se debe a la duración y al costo del proceso educativo superior y a las mayores facilidades y tentaciones hacia los hábitos refinados por parte de los ricos— hará que ese intercambio entre clase y clase, esa promoción por medio de los matrimonios mixtos que actualmente retrasa la división de nuestra especie a lo largo de las líneas de estratificación social, sea cada vez menos frecuente. Así que, al final, por encima de la tierra uno debe contar con los que Tienen, que persiguen el placer y la comodidad y la belleza, y por debajo de la tierra con los que No Tienen, los Trabajadores que se adaptan continuamente a las condiciones de su trabajo. Una vez allí, sin duda tendrían que pagar un alquiler, y no poco, por la ventilación de sus cavernas; y si se negaran, morirían de hambre o serían asfixiados por los atrasos en los pagos. Aquellos que tuvieran disposición a ser miserables y rebeldes, morirían; y, al final, siendo el equilibrio permanente, los supervivientes se adaptarían tan bien a las condiciones de la vida subterránea, y serían tan felices a su manera, como los habitantes del Mundo Exterior lo eran a la suya. Según me pareció, la belleza refinada y la palidez etiolada se sucedieron con toda naturalidad.

«El gran triunfo de la Humanidad que había soñado tomó una forma diferente en mi mente. No era el triunfo de la educación moral y de la cooperación general que yo había imaginado. En su lugar, vi una verdadera aristocracia, armada con una ciencia perfeccionada y trabajando hasta una conclusión lógica el sistema industrial de hoy. Su triunfo no había sido simplemente un triunfo sobre la Naturaleza, sino un triunfo sobre la Naturaleza y el prójimo. Esto, debo advertirlo, era mi teoría en ese momento. No tenía ningún cicerone conveniente en el patrón de los libros de Utopía. Mi explicación puede estar absolutamente equivocada. Sigo pensando que es la más plausible. Pero incluso en esta suposición, la civilización equilibrada que se alcanzó por fin debía haber pasado hace tiempo su cenit, y ahora estaba muy caída en la decadencia. La seguridad demasiado perfecta de los habitantes del Mundo Exterior les había llevado a un lento movimiento de degeneración, a una disminución general de tamaño, fuerza e inteligencia. Eso ya lo veía bastante claramente. Todavía no sospechaba lo que les había ocurrido a los Inframundanos; pero, por lo que había visto de los «Morlocks» —que, por cierto, era el nombre por el que se llamaba a estas criaturas—, podía imaginar que la modificación del tipo humano era aún mucho más profunda que entre los «Eloi», la hermosa raza que ya conocía.

«Luego vinieron las dudas problemáticas. ¿Por qué los Morlocks se habían llevado mi Máquina del Tiempo? Porque yo estaba seguro de que eran ellos quienes la habían tomado. ¿Por qué, además, si los Eloi eran los amos, no podían devolverme la máquina? ¿Y por qué tenían tanto miedo a la oscuridad? Procedí, como ya he dicho, a interrogar a Weena sobre este Inframundo, pero aquí también me decepcionó. Al principio ella no entendía mis preguntas, y luego se negó a responderlas. Se estremeció como si el tema fuera insoportable. Y cuando la presioné, quizás con un poco de dureza, rompió a llorar. Fueron las únicas lágrimas, excepto las mías, que vi en aquella Edad de Oro. Cuando las vi, dejé abruptamente de preocuparme por los Morlocks, y sólo me preocupé por desterrar de los ojos de Weena estos signos de su herencia humana. Y muy pronto ella estaba sonriendo y aplaudiendo, mientras yo quemaba solemnemente una cerilla.

«Puede parecerles extraño, pero pasaron dos días antes de que pudiera seguir la pista recién descubierta de la forma más adecuada. Sentí un peculiar encogimiento ante aquellos cuerpos pálidos. Tenían el color medio blanqueado de los gusanos y de las cosas que uno ve conservadas en alcohol en un museo zoológico. Y eran asquerosamente fríos al tacto. Probablemente mi retraimiento se debía en gran medida a la influencia simpática de los Eloi, cuya repugnancia hacia los Morlocks empezaba a apreciar ahora.

«La noche siguiente no dormí bien. Probablemente mi salud estaba un poco deteriorada. Me oprimía la perplejidad y la duda. Una o dos veces tuve un sentimiento de miedo intenso para el cual no podía percibir ninguna razón definida. Recuerdo que me arrastré sin hacer ruido hasta el gran salón donde los pequeños dormían a la luz de la luna —esa noche Weena estaba entre ellos— y me sentí reconfortado por su presencia. Ya entonces se me ocurrió que en el transcurso de unos días la luna debía atravesar su último cuarto, y las noches oscurecerse, cuando las apariciones de estas desagradables criaturas de abajo, estos Lémures blanqueados, esta nueva alimaña que había reemplazado a la antigua, podrían ser más abundantes. Y en estos dos días tuve la sensación de inquietud de quien elude un deber inevitable. Tenía la certeza de que la Máquina del Tiempo sólo podía recuperarse penetrando con audacia en estos misterios del subsuelo. Sin embargo, no pude enfrentarme al misterio. Si hubiera tenido un compañero, habría sido diferente. Pero estaba terriblemente solo, e incluso bajar a la oscuridad del pozo me horrorizaba. No sé si entenderán mi sentimiento, pero nunca me sentí seguro a mis espaldas.

«Fue esta inquietud, esta inseguridad, tal vez, lo que me llevó a ir cada vez más lejos en mis expediciones. Dirigiéndome hacia el suroeste, hacia la zona elevada que ahora se llama Combe Wood, observé a lo lejos, en dirección a la decimonónica Banstead, una vasta estructura verde, de carácter diferente a todas las que había visto hasta entonces. Era más grande que el mayor de los palacios o ruinas que conocía, y la fachada tenía un aspecto oriental: su cara tenía el brillo, así como el tinte verde pálido, una especie de verde azulado, de cierto tipo de porcelana china. Esta diferencia de aspecto sugería una diferencia de uso, y yo estaba dispuesto a seguir adelante y explorar. Pero se hacía tarde, y había llegado a avistar el lugar después de un largo y agotador recorrido; así que decidí dejar la aventura para el día siguiente y volví a la bienvenida y a las caricias de la pequeña Weena. Pero a la mañana siguiente percibí con suficiente claridad que mi curiosidad por el Palacio de la Porcelana Verde era un autoengaño que me permitía eludir, un día más, una experiencia que temía. Decidí que haría el descenso sin perder más tiempo, y me dirigí de madrugada hacia un pozo cercano a las ruinas de granito y aluminio.

«La pequeña Weena corrió conmigo. Bailó a mi lado hasta el pozo, pero cuando me vio inclinarme sobre la boca y mirar hacia abajo, pareció extrañamente desconcertada. "Adiós, pequeña Weena", le dije, dándole un beso; y luego, dejándola en el suelo, empecé a buscar los ganchos de escalada por encima del parapeto. Más bien apresuradamente, debo confesar, pues temía que se me acabara el coraje. Al principio me observó con asombro. Luego dio un grito muy lastimero y, corriendo hacia mí, comenzó a tirar de mí con sus manitas. Creo que su oposición me condujo a seguir adelante. Me la quité de encima, tal vez con un poco de brusquedad, y en un instante estaba en la garganta del pozo. Vi su cara de agonía por encima del parapeto y sonreí para tranquilizarla. Luego tuve que mirar hacia los inestables ganchos a los que me aferraba.

«Tuve que descender por un pozo de unas doscientas yardas. El descenso se efectuaba por medio de barras metálicas que sobresalían de los lados del pozo y como éstas estaban adaptadas a las necesidades de una criatura mucho más pequeña y ligera que yo, el descenso me produjo rápidamente calambres y fatiga. ¡Y no sólo fatiga! Una de las barras se dobló repentinamente bajo mi peso y casi me hizo caer en la oscuridad. Por un momento quedé colgado de una mano y después de esa experiencia no me atreví a volver a descansar. Aunque me dolían mucho los brazos y la espalda, seguí bajando por la escarpada pendiente con la mayor rapidez posible. Mirando hacia arriba, vi la abertura, un pequeño disco azul, en el que se veía una estrella, mientras que la cabeza de la pequeña Weena se mostraba como una proyección negra y redonda. El ruido sordo de una máquina en la parte inferior era cada vez más fuerte y opresivo. Todo, excepto el pequeño disco superior, estaba profundamente oscuro, y cuando volví a mirar hacia arriba, Weena había desaparecido.

«Estaba incómodo hasta la agonía. Se me ocurrió intentar subir de nuevo por el pozo y dejar el Inframundo en paz. Pero mientras le daba vueltas a esto en mi mente, continué descendiendo. Por fin, con un intenso alivio, vi que se acercaba débilmente, un pie a mi derecha, una delgada rendija en la pared. Metiéndome en ella, descubrí que era la abertura de un estrecho túnel horizontal en el que podía tumbarme y descansar. No podía haber tardado ni un momento más. Me dolían los brazos, tenía la espalda acalambrada y temblaba por el prolongado terror a una caída. Además, la oscuridad ininterrumpida había tenido un efecto angustioso sobre mis ojos. El aire estaba lleno de golpeteos y zumbidos de la maquinaria que bombeaba aire por el pozo.

«No sé cuánto tiempo estuve tumbado. Me despertó una mano suave que me tocaba la cara. Levantándome en la oscuridad, tomé mis cerillas y, encendiendo una a toda prisa, vi tres criaturas blancas y encorvadas, similares a las que había visto en la ruina, que se retiraban con prisa ante la luz. Viviendo, como lo hacían, en lo que me pareció una oscuridad impenetrable, sus ojos eran anormalmente grandes y sensibles, como lo son las pupilas de los peces abisales, y reflejaban la luz de la misma manera. No me cabe duda de que podían verme en aquella oscuridad sin rayos y no parecían tener ningún miedo de mí aparte de la luz. Pero, tan pronto como encendí una cerilla para verlos, huyeron descontroladamente, desapareciendo en oscuras alcantarillas y túneles, desde donde sus ojos me miraban de la manera más extraña.

«Intenté llamarles, pero el lenguaje que tenían era aparentemente diferente al de la gente del mundo exterior; de modo que me vi obligado a hacer mis propios esfuerzos, sin ayuda, y la idea de huir antes de terminar la exploración estaba ya en mi mente. Pero me dije a mí mismo: "Este es tu turno" y, tanteando el camino a lo largo del túnel, descubrí que el ruido de la maquinaria era cada vez más fuerte. Al poco tiempo, las paredes se alejaron de mí y llegué a un gran espacio abierto, y al encender otra cerilla, vi que había entrado en una vasta caverna arqueada, que se extendía en la más absoluta oscuridad más allá del alcance de la luz. Solo alcanzaba a avistar lo que se podía ver al encender una cerilla.

«Necesariamente mi memoria es vaga. Grandes formas, como grandes máquinas, surgían de la penumbra y proyectaban grotescas sombras negras, en las que se refugiaban del resplandor oscuros Morlocks espectrales. El lugar, por cierto, era muy sofocante y opresivo, y el débil hálito de la sangre recién derramada estaba en el aire. A cierta distancia de la parte central había una pequeña mesa de metal blanco, sobre la cual se encontraba lo que parecía una comida. ¡En todo caso, los Morlocks eran carnívoros! Incluso en aquel momento, recuerdo haberme preguntado qué animal de gran tamaño podría haber sobrevivido para proporcionar la selección de carne roja que vi. Todo era muy indistinto: el fuerte olor, las grandes formas sin sentido, las figuras obscenas que acechaban en las sombras, y que sólo esperaban que la oscuridad se acercara de nuevo a mí. Entonces la cerilla se quemó, me quemó los dedos y cayó; una mancha roja que se retorcía en la negrura.

«Desde entonces he pensado en lo mal equipado que estaba en ese momento para una experiencia semejante. Cuando empecé con la Máquina del Tiempo, lo hice con la absurda suposición de que los hombres del Futuro estarían sin duda infinitamente por delante de nosotros en toda su tecnología. Había venido sin armas, sin medicinas, sin nada para fumar —¡a veces echaba de menos el tabaco!— incluso sin suficientes cerillas. ¡Si hubiera pensado en una Kodak! Habría usado el flash para captar por un segundo esa visión del Inframundo y examinarlo con tranquilidad. Pero, tal como estaban las cosas, me quedé allí con sólo las armas y los poderes con los que la naturaleza me había dotado... manos, pies y dientes; éstos, y cuatro cerillas de seguridad que aún me quedaban.

«Tenía miedo de abrirme paso entre toda esta maquinaria en la oscuridad, y sólo con el último atisbo de luz descubrí que mi reserva de cerillas se había agotado. Hasta ese momento no se me había ocurrido la necesidad de economizarlas, y había malgastado casi la mitad de la caja en asombrar a los habitantes del Mundo Exterior, para quienes el fuego era una novedad. Ahora, como digo, me quedaban cuatro, y mientras permanecía en la oscuridad, una mano tocó la mía, unos dedos larguiruchos se acercaron a mi cara y percibí un peculiar olor desagradable. Me pareció oír la respiración de una multitud de esos espantosos seres a mi alrededor. Sentí que la caja de fósforos que tenía en la mano se desprendía suavemente, y que otras manos detrás de mí me desgarraban la ropa. La sensación de que esas criaturas invisibles me examinaban era indescriptiblemente desagradable. La súbita comprensión de mi ignorancia de sus formas de pensar y hacer me llegó muy vívidamente en la oscuridad. Les grité tan fuertemente como pude. Se alejaron, y entonces pude sentir que se acercaban de nuevo a mí. Se aferraron a mí con más ímpetu, susurrando sonidos extraños entre ellos. Me estremecí violentamente y volví a gritar... de forma bastante discordante. Esta vez no se alarmaron tanto e hicieron un extraño ruido, como de risa, cuando volvieron hacia mí. Confieso que estaba terriblemente asustado. Decidí encender otra cerilla y escapar al amparo de su resplandor. Así lo hice, y prolongando la luz al quemar un trozo de papel que tenía en mi bolsillo, me retiré al estrecho túnel. Pero apenas había entrado en él, mi luz se apagó y en la oscuridad pude oír a los Morlocks crujiendo como el viento entre las hojas, y golpeando como la lluvia, mientras se daban prisa por seguirme.

«En un instante me agarraron varias manos, y no había duda de que intentaban arrastrarme hacia atrás. Encendí otra cerilla y la agité en sus rostros deslumbrados. Apenas pueden imaginarse lo nauseabundamente inhumanos que parecían —esos rostros pálidos y sin barbilla y esos grandes ojos sin párpados de color gris rosado—, mientras miraban en su ceguera y desconcierto. Pero no me quedé mirando, se los aseguro: me retiré nuevamente y, cuando mi segundo fósforo se había extinguido, encendí el tercero. Casi se había quemado totalmente cuando llegué a la abertura del pozo. Me recosté en el borde, pues el latido de la gran máquina que había debajo me daba vértigo. Entonces palpé de lado los ganchos que sobresalían y, al hacerlo, sentí que me agarraban los pies por detrás y me tiraban violentamente hacia atrás. Encendí mi última cerilla... y se apagó inmediatamente. Pero ahora tenía la mano en las barras de ascenso y, dando un violento puntapié, me desprendí de las garras de los Morlocks y trepé rápidamente por el pozo, mientras ellos se quedaban mirando y parpadeando hacia arriba: todos menos un pequeño desgraciado que me siguió durante un trecho y estuvo a punto de conseguir mi bota como trofeo.

«Ese ascenso me pareció interminable. En los últimos veinte o treinta pies me sobrevino una náusea mortal. Tuve la mayor dificultad para mantenerme firme. Las últimas yardas fueron una lucha espantosa contra este desvanecimiento. Varias veces mi cabeza se hundió y sentí como si estuviera cayendo. Al final, sin embargo, pasé la boca del pozo de alguna manera, y salí, tambaleándome, de la ruina a la luz cegadora del sol. Caí de bruces. Incluso el suelo olía dulce y limpio. Luego recuerdo a Weena besando mis manos y mis orejas, y las voces de otros Eloi. Entonces, durante un tiempo, yací insensible.

«Ahora, en efecto, parecía estar en un peor caso que antes. Hasta ahora, excepto durante mi noche de angustia por la pérdida de la Máquina del Tiempo, había sentido una esperanza de escapar en última instancia, pero esa esperanza se desvanecía con estos nuevos descubrimientos. Hasta entonces me había creído impedido por la simplicidad infantil de la pequeña gente, y por algunas fuerzas desconocidas que sólo tenía que comprender para superarlas; pero había un elemento totalmente nuevo en la calidad enfermiza de los Morlocks... algo inhumano y maligno. Instintivamente los aborrecí. Antes, me había sentido como podría sentirse un hombre que ha caído en un pozo: mi preocupación era el pozo y cómo salir de él. Ahora me sentía como una bestia en una trampa, cuyo enemigo no tardaría en llegar.

«El enemigo que temía puede sorprenderlo a uno. Era la oscuridad de la luna nueva. Weena me lo había metido en la cabeza con sus comentarios, al principio incomprensibles, sobre las Noches Oscuras. Ahora no era tan difícil adivinar lo que podían significar esas noches oscuras que se avecinaban. La luna estaba menguando: cada noche había un intervalo más largo de oscuridad. Y ahora comprendía, al menos en cierta medida, la razón del miedo de los pequeños habitantes del mundo superior a la oscuridad. Me pregunté vagamente qué repugnante villanía podrían cometer los Morlocks bajo la luna nueva. Ahora estaba seguro de que mi segunda hipótesis era errónea. Los habitantes del mundo superior podrían haber sido alguna vez la aristocracia favorecida, y los Morlocks sus sirvientes mecánicos: pero eso había desaparecido hacía tiempo. Las dos especies resultantes de la evolución del ser humano se deslizaban hacia una relación totalmente nueva, o ya habían llegado a ella. Los Eloi, al igual que los reyes carolingios, habían decaído hasta convertirse en una bella inutilidad. Seguían poseyendo la tierra, pero con sufrimiento, ya que los Morlocks, subterráneos durante innumerables generaciones, habían llegado al fin a encontrar intolerable la superficie iluminada durante el día. Y los Morlocks hacían sus vestimentas, deduje, y los mantenían en sus necesidades habituales, tal vez por la supervivencia de un viejo hábito de servicio. Lo hacían como un caballo parado da un zarpazo con su pie, o como un hombre se divierte matando animales por deporte: porque antiguas y difuntas necesidades lo habían imprimido en el organismo. Pero, evidentemente, el antiguo orden ya se había invertido en parte. La Némesis de los delicados avanzaba a toda velocidad. Hace siglos, miles de generaciones, un hombre había expulsado a su hermano de la vida fácil y del sol. Y ahora ese hermano volvía... ¡cambiado! Los Eloi ya habían empezado a aprender de nuevo una vieja lección. Se estaban reencontrando con el Miedo. Y de repente me vino a la cabeza el recuerdo de la carne que había visto en el inframundo. Me pareció extraño que flotara en mi mente: no fue provocado por la corriente de mis meditaciones, sino que llegó casi como una pregunta desde el exterior. Intenté recordar su forma. Tuve una vaga sensación de algo familiar, pero no pude decir qué era en ese momento.

«Sin embargo, por muy indefensa que esté la pequeña gente en presencia de su misterioso Miedo, yo estaba constituido de manera diferente. Salí de esta edad nuestra, de esta madurez de la raza humana, cuando el Miedo no paraliza y el misterio ha perdido sus terrores. Yo al menos me defendería. Sin más demora, decidí hacerme de armas y de un reducto donde poder dormir. Con ese refugio como base, podía enfrentarme a este extraño mundo con algo de la confianza que había perdido al darme cuenta a qué criaturas estaba expuesto noche tras noche. Sentí que no podría volver a dormir hasta que mi cama estuviera a salvo de ellas. Me estremecí de horror al pensar cómo debían hacerme examinado ya.

«Vagué durante la tarde a lo largo del valle del Támesis, pero no encontré nada que se me antojara inaccesible. Todos los edificios y árboles parecían fácilmente abordables para escaladores tan diestros como deben ser los Morlocks, a juzgar por sus pozos. Entonces me vinieron a la memoria los altos pináculos del Palacio de la Porcelana Verde y el pulido resplandor de sus muros; y al atardecer, llevando a Weena como una niña sobre mi hombro, subí a las colinas hacia el suroeste. Había calculado que la distancia era de unas siete u ocho millas, pero debía de estar más cerca de las dieciocho. Había visto el lugar por primera vez en una tarde húmeda en la que las distancias se reducen engañosamente. Además, el tacón de uno de mis zapatos estaba suelto y un clavo atravesaba la suela —eran unos zapatos viejos y cómodos que usaba en mi casa—, por lo que estaba cojo. Y ya había pasado el atardecer cuando llegué a avistar el palacio, que se perfilaba negro contra el amarillo pálido del cielo.

«Weena se alegró mucho cuando empecé a llevarla sobre mis hombros, pero al cabo de un rato deseó que la dejara libre y corrió a mi lado, alejándose de vez en cuando a recoger flores para meterlas en mis bolsillos. Mis bolsillos siempre habían desconcertado a Weena, pero al final parece que ella había llegado a la conclusión de que eran una especie de jarrones excéntricos para la decoración floral. Al menos los utilizaba para ese fin. ¡Y eso me recuerda! Al cambiar mi chaqueta encontré...».

El Viajero del Tiempo hizo una pausa, metió la mano en el bolsillo y colocó en silencio dos flores marchitas, no muy diferentes a unas malvas blancas muy grandes, sobre la mesita. Luego reanudó su relato.

«Cuando el silencio del atardecer se apoderó del mundo y avanzamos por la cresta de la colina hacia Wimbledon, Weena se cansó y quiso volver a la casa de piedra gris. Pero yo le señalé los pináculos lejanos del Palacio de la Porcelana Verde y me las ingenié para hacerle entender que buscábamos allí un refugio para su Miedo. ¿Conocen esa gran pausa que se produce en las cosas antes del crepúsculo? Incluso la brisa se detiene en los árboles. Para mí siempre hay un aire de expectación en esa quietud vespertina. El cielo estaba claro, remoto y vacío, salvo por unas pocas barras horizontales en el ocaso. Pues bien, esa noche la expectación tomó el color de mis temores. En aquella calma oscura, mis sentidos parecían agudizarse de forma sobrenatural. Creía que podía sentir la oquedad del suelo bajo mis pies: podía, de hecho, casi ver a través de él a los Morlocks en su hormiguero yendo de aquí para allá, esperando la oscuridad. En mi excitación creí que recibirían mi invasión de sus madrigueras como una declaración de guerra. ¿Y por qué se habían llevado mi Máquina del Tiempo?

«Así que avanzamos en esa calma, y el crepúsculo se convirtió en noche. El azul claro de la distancia se desvaneció, y una estrella tras otra salió. El suelo se oscureció y los árboles se volvieron negros. Los temores y el cansancio de Weena se apoderaron de ella. La tomé en mis brazos, le hablé y la acaricié. Luego, cuando la oscuridad se hizo más profunda, me rodeó el cuello con los brazos y, cerrando los ojos, apretó su cara contra mi hombro. Así que bajamos por una larga pendiente hacia un valle, y allí, en la oscuridad, casi me metí en un pequeño río. Lo vadeé y subí por el lado opuesto del valle, pasando por una serie de casas para dormir y por una estatua... un Fauno o una figura parecida, sin la cabeza. Aquí también había acacias. Hasta el momento no había visto nada de los Morlocks, pero aún era temprano en la noche, y las horas más oscuras, antes de que saliera la luna vieja, estaban por llegar.

«Desde la cima de la siguiente colina vi un espeso bosque que se extendía ancho y negro ante mí. Dudé ante esto. No podía ver el final, ni a la derecha ni a la izquierda. Sintiéndome cansado —mis pies, en particular, estaban muy doloridos— bajé cuidadosamente a Weena de mi hombro mientras me detenía, y me senté en el césped. Ya no podía ver el Palacio de la Porcelana Verde y dudaba de mi dirección. Miré la espesura del bosque y pensé en lo que podría esconder. Debajo de aquella densa maraña de ramas, uno no podía ver las estrellas. Incluso si no hubiera ningún otro peligro acechante —un peligro que no quería dar rienda suelta a mi imaginación—, seguirían allí todas las raíces con las que tropezar y los troncos de los árboles con los que chocar. Yo también estaba muy cansado, después de las agitaciones del día; así que decidí que no enfrentaría ningún peligro, sino que pasaría la noche en la colina abierta.

«Me alegró comprobar que Weena estaba profundamente dormida. La envolví cuidadosamente en mi chaqueta y me senté a su lado para esperar la salida de la luna. La ladera de la colina estaba tranquila y desierta, pero desde la oscuridad del bosque llegaba de vez en cuando el sonido propio al movimiento de seres vivos. Por encima de mí brillaban las estrellas, pues la noche era muy clara. Sentí una cierta sensación de confort amistoso en su parpadeo. Sin embargo, todas las antiguas constelaciones habían desaparecido del cielo: ese lento movimiento, imperceptible en cien vidas humanas, hacía tiempo que las había reorganizado en agrupaciones desconocidas. Pero la Vía Láctea, según me pareció, seguía siendo el mismo cordón de polvo estelar que antaño. Hacia el sur (según mi opinión) había una estrella roja muy brillante que era nueva para mí; era incluso más espléndida que nuestra verde Sirio. Y en medio de todos estos puntos de luz centelleantes, un planeta brillante resplandecía amable y firmemente como el rostro de un viejo amigo.

«Al mirar estas estrellas, de repente se empequeñecieron mis propios problemas y todas las gravedades de la vida terrestre. Pensé en su insondable distancia y en la lenta e inevitable deriva de sus movimientos desde el desconocido pasado hacia el desconocido futuro. Pensé en el gran ciclo de precesión que describe el polo de la tierra. Sólo cuarenta veces se había producido esa revolución silenciosa durante todos los años que yo había atravesado. Y durante estas pocas revoluciones toda la actividad, todas las tradiciones, las complejas organizaciones, las naciones, las lenguas, las literaturas, las aspiraciones, incluso el mero recuerdo del Ser Humano tal como yo lo conocía, habían sido barridos de la existencia. En su lugar estaban estas frágiles criaturas que habían olvidado su elevada ascendencia, y las Cosas blancas de las que yo huía aterrorizado. Entonces pensé en el Gran Miedo que había entre las dos especies, y por primera vez, con un súbito escalofrío, llegó el claro conocimiento de lo que podía ser la carne que había visto. Sin embargo, ¡era demasiado horrible! Miré a la pequeña Weena que dormía a mi lado, con su cara blanca e iluminada bajo las estrellas, y deseché inmediatamente el pensamiento.

«A lo largo de aquella larga noche me mantuve alejado de los Morlocks lo mejor que pude, y pasé el tiempo tratando de imaginar que podía encontrar señales de las antiguas constelaciones en la nueva confusión. El cielo se mantenía muy claro, excepto por una nube brumosa o algo similar. Sin duda, a veces me quedaba dormido. Luego, a medida que avanzaba mi vigilia, se produjo una claridad en el cielo, hacia el este, como el reflejo de un fuego incoloro, y la vieja luna salió, delgada y con forma de pico y blanca. Y muy cerca, sobrepasándola y desbordándola, llegó el amanecer, pálido al principio, y luego creciendo, rosado y cálido. Ningún Morlock se había acercado a nosotros. De hecho, no había visto ninguno en la colina aquella noche. Y en la confianza del renovado día casi me pareció que mi temor había sido irracional. Me levanté y encontré que el pie correspondiente al taco suelto estaba hinchado en el tobillo y tenía dolor; así que me senté de nuevo, me quité los zapatos y los tiré.

«Desperté a Weena, y bajamos al bosque, ahora verde y agradable en lugar de negro y prohibitivo. Encontramos algo de fruta con la que romper el ayuno. Pronto nos encontramos con otros de los delicados, riendo y bailando a la luz del sol como si no existiera la noche en la naturaleza. Y entonces volví a pensar en la carne que había visto. Ahora estaba seguro de lo que era, y desde el fondo de mi corazón me compadecí de este último y débil riachuelo de la gran inundación de la humanidad. Evidentemente, en algún momento del Largo Pasado de la decadencia humana la comida de los Morlocks se había agotado. Posiblemente habían vivido de ratas y alimañas similares. Incluso ahora el ser humano es mucho menos exigente y exclusivo en su alimentación de lo que solía ser... mucho menos que cualquier mono. Su prejuicio contra la carne humana no es un instinto profundamente arraigado. ¡Y así, estos inhumanos hijos de los hombres...! Traté de ver el asunto con un espíritu científico. Después de todo, eran menos humanos y más remotos que nuestros ancestros caníbales de hace tres o cuatro mil años. Y la inteligencia que habría hecho de este estado de cosas un tormento había desaparecido. ¿Por qué debería preocuparme? Estos Eloi eran meras reses engordadas, que los Morlocks, como las hormigas, conservaban y depredaban... y probablemente se ocupaban de su cría. ¡Y ahí estaba Weena bailando a mi lado!

«Entonces traté de preservarme del horror que se me venía encima, considerándolo como un riguroso castigo del egoísmo humano. El hombre se había contentado con vivir en la facilidad y el deleite de los trabajos de sus semejantes, había tomado la Necesidad como su consigna y excusa, y en la plenitud del tiempo la Necesidad había llegado a su hogar. Incluso intenté un desprecio a la Carlyle de esta miserable aristocracia en decadencia. Pero esta actitud mental era imposible. Por muy grande que fuera su degradación intelectual, los Eloi habían conservado demasiado la forma humana como para no reclamar mi simpatía y hacerme forzosamente partícipe de su degradación y de su Miedo.

«En aquel momento tenía ideas muy vagas sobre el camino que debía seguir. Lo primero que hice fue buscar un lugar seguro para refugiarme y fabricar las armas, de metal o de piedra, con lo que pudiera encontrar. Esa necesidad era inmediata. En segundo lugar, esperaba conseguir algún medio para hacer fuego, de modo que tuviera a mano una antorcha como arma, pues sabía que nada sería más eficaz contra esos Morlocks. Luego quise disponer de algún artilugio para romper las puertas de bronce bajo la Esfinge Blanca. Tenía en mente un ariete. Tenía la convicción de que si lograba entrar por esas puertas, llevando alguna luz, encontraría la Máquina del Tiempo y escaparía. No podía imaginar que los Morlocks fueran lo suficientemente fuertes como para llevarla lejos. A Weena había resuelto traerla conmigo a nuestro tiempo. Y dándole vueltas a esos planes, seguí nuestro camino hacia el edificio que mi fantasía había elegido como vivienda.

XI — EL PALACIO DE LA PORCELANA VERDE

«Encontré el Palacio de la Porcelana Verde, cuando nos acercamos a él hacia el mediodía, desierto y en ruinas. Sólo quedaban vestigios de vidrio en sus ventanas, y grandes láminas del revestimiento verde se habían desprendido del corroído marco metálico. Estaba situado en lo alto de una colina, y al mirar hacia el noreste, antes de entrar en él, me sorprendió ver un gran estuario, o incluso un arroyo, en el lugar en el que, a mi juicio, debían estar Wandsworth y Battersea. Pensé entonces —aunque nunca proseguí la idea— en lo que podría haber sucedido, o podría estar sucediendo, a los seres vivos en el mar.

«El material del palacio resultó ser porcelana, y en su superficie vi una inscripción de carácter desconocido. Pensé, tontamente, que Weena podría ayudarme a interpretarla, pero sólo logré enterarme que la mera idea de la escritura nunca se le había pasado por la cabeza. Siempre me pareció más humana de lo que era, quizá porque su afecto era muy humano.

«Dentro de las grandes válvulas de la puerta —que estaban abiertas y rotas— encontramos, en lugar del habitual vestíbulo, una larga galería iluminada por muchas ventanas laterales. A primera vista me recordó a un museo. El suelo de baldosas estaba lleno de polvo, y un notable conjunto de objetos diversos estaba envuelto en la misma cubierta gris. Entonces percibí, de pie, extraño y delgado, en el centro de la sala, lo que era claramente la parte inferior de un enorme esqueleto. Reconocí por los pies oblicuos que se trataba de una criatura extinguida, parecida a un Megaterio. El cráneo y los huesos superiores yacían junto a él en el espeso polvo, y en un lugar, en el que el agua de lluvia había caído a través de una gotera en el techo, la cosa misma se había desgastado. Más adelante, en la galería, estaba el enorme esqueleto de un Brontosaurio. Mi hipótesis acerca de un museo se confirmó. Dirigiéndome hacia un lado encontré lo que parecían ser estantes inclinados, y al quitar el espeso polvo, encontré las viejas y familiares vitrinas de nuestra época. Pero debían de ser herméticas a juzgar por la buena conservación de algunos de sus contenidos.

«¡Claramente, nos encontrábamos entre las ruinas de un South Kensington de los últimos tiempos! Aquí, aparentemente, estaba la Sección Paleontológica, y debía de ser un conjunto muy espléndido de fósiles, aunque el inevitable proceso de descomposición que se había evitado durante un tiempo, y que, por la extinción de bacterias y hongos, había perdido noventa y nueve por ciento de su fuerza, estaba sin embargo, con extrema seguridad aunque con extrema lentitud, trabajando nuevamente sobre todos sus tesoros. Aquí y allá encontré rastros de la pequeña gente en las formas de los raros fósiles, rotos en pedazos o ensartados en cuerdas sobre cañas. En algunos casos, las cajas habían sido removidas por los Morlocks, según mi opinión. El lugar era muy silencioso. El espeso polvo amortiguaba nuestros pasos. Weena, que había estado haciendo rodar un erizo de mar por el cristal inclinado de una vitrina, se acercó en seguida, mientras yo miraba a mi alrededor, y muy silenciosamente me tomó de la mano y se puso a mi lado.

«Y al principio me sorprendió tanto este antiguo monumento de una época intelectual que no pensé en las posibilidades que presentaba. Incluso mi preocupación por la Máquina del Tiempo se alejó un poco de mi mente.

«A juzgar por el tamaño del lugar, este Palacio de la Porcelana Verde tenía mucho más que una Galería de Paleontología; posiblemente galerías históricas; ¡podría ser, incluso una biblioteca! Para mí, al menos en mis actuales circunstancias, éstas serían mucho más interesantes que este espectáculo de geología antigua en decadencia. Explorando, encontré otra galería corta que corría transversalmente a la primera. Parecía estar dedicada a los minerales, y la visión de un bloque de azufre me hizo pensar en fabricar pólvora. Pero no pude encontrar salitre, ni tampoco nitratos de ningún tipo. Sin duda, se habían descompuesto hace mucho tiempo. Sin embargo, la idea del azufre quedó en mi mente y me hizo reflexionar. En cuanto al resto del contenido de esa galería, aunque en general era el mejor conservado de todos los que vi, me interesaba poco. No soy especialista en mineralogía, y seguí por un pasillo muy ruinoso que corría paralelo a la primera sala por la que había entrado. Al parecer, esta sección había estado dedicada a la historia natural, pero hacía mucho tiempo que todo había perdido la posibilidad de ser reconocido. Unos pocos vestigios marchitos y ennegrecidos de lo que antes habían sido animales disecados, momias disecadas en frascos que antes habían albergado alcohol, un polvo marrón de plantas difuntas... ¡eso era todo! Lo lamenté, porque me habría gustado seguir los pacientes reajustes mediante los cuales se había logrado la conquista de la naturaleza animada. Luego llegamos a una galería de proporciones sencillamente colosales, pero singularmente mal iluminada, ya que el suelo de la misma descendía en un ligero ángulo desde el extremo por el que entré. A intervalos, del techo colgaban globos blancos —muchos de ellos agrietados y destrozados— que sugerían que originalmente el lugar había sido iluminado artificialmente. Aquí me encontraba más en mi elemento, pues a ambos lados se alzaban los enormes bultos de las grandes máquinas, todas muy corroídas y muchas de ellas averiadas, pero algunas todavía bastante completas. Ya saben que tengo cierta debilidad por los mecanismos y me sentí inclinado a quedarme entre ellos; tanto más cuanto que en su mayor parte tenían el interés de los rompecabezas y yo sólo podía imaginarme vagamente para qué servían. Creía que si podía resolver esos rompecabezas, obtendría poderes que podrían ser útiles contra los Morlocks.

«De repente, Weena se acercó bastante a mi lado. Tan repentinamente que me sobresaltó. Si no hubiera sido por ella, creo que no me habría dado cuenta de que el suelo de la galería estaba inclinado. [Puede ser, por supuesto, que el suelo no estuviera inclinado, sino que el museo estuviera construido en la ladera de una colina — Nota del editor]. El extremo por el que yo había entrado estaba bastante por encima del suelo, y estaba iluminado por unas raras ventanas en forma de rendija. A medida que uno descendía, el suelo se acercaba a estas ventanas, hasta que al final había un foso, como el "área" de una casa londinense, delante de cada una y sólo una estrecha línea de luz natural en la parte superior. Avancé despacio, confundido por las máquinas... había estado demasiado atento a ellas como para notar la disminución gradual de la luz, hasta que la creciente aprensión de Weena llamó mi atención. Entonces vi que la galería descendía por fin hacia una espesa oscuridad. Dudé, y luego, al mirar a mi alrededor, vi que el polvo era menos abundante y su superficie menos uniforme. Más lejos, hacia la penumbra, parecía estar interrumpida por una serie de pequeñas y estrechas huellas. Mi sensación de la presencia inmediata de los Morlocks revivió en ese momento. Sentí que estaba perdiendo el tiempo en el examen académico de la maquinaria. Recordé que ya estaba muy avanzada la tarde y que todavía no tenía ningún arma, ningún refugio, ni ningún medio para hacer fuego. Y entonces, en la remota negrura de la galería, oí un peculiar repiqueteo y los mismos ruidos extraños que había oído en el pozo.

«Cogí la mano de Weena. Entonces, impulsado por una idea repentina, la dejé y me dirigí a una máquina de la que salía una palanca no muy diferente a la de una caja de señales para trenes. Trepando al soporte, y agarrando esta palanca en mis manos, puse todo mi peso sobre ella de forma lateral. De repente, Weena, abandonada en el pasillo central, comenzó a gemir. Había juzgado correctamente la fuerza de la palanca, pues se rompió tras un minuto de esfuerzo, y me reuní con ella con una maza en la mano más que suficiente, a mi juicio, para cualquier cráneo de Morlock que pudiera encontrar. Y en verdad anhelaba matar a un Morlock o algo así. Muy inhumano, pensarán ustedes, querer matar a los propios descendientes. Pero era imposible, de alguna manera, sentir alguna humanidad en esas cosas. Sólo mi desgana por dejar a Weena, y la persuasión de que si empezaba a saciar mi sed de asesinato mi Máquina del Tiempo podría sufrir, me impidieron bajar directamente a la galería y matar a los brutos que oí.

«Pues bien, con la maza en una mano y Weena en la otra, salí de aquella galería y entré en otra aún más grande, que a primera vista me recordó una capilla militar cubierta de banderas andrajosas. Había trapos marrones y carbonizados que colgaban de los lados de la misma: los reconocí enseguida como vestigios decadentes de libros. Hacía tiempo que se habían hecho pedazos, y toda apariencia de letra impresa los había abandonado. Pero aquí y allá había tablas deformadas y cierres metálicos agrietados que contaban la historia bastante bien. Si yo hubiera sido un hombre de letras, tal vez podría haber moralizado sobre la inutilidad de toda ambición. Pero tal y como estaba, lo que me impresionó con mayor fuerza fue el enorme despilfarro de trabajo que atestiguaba este sombrío desierto de papel podrido. En aquel momento, confieso que pensé principalmente en las *Transacciones Filosóficas* y en mis propios diecisiete artículos sobre óptica física.

«Luego, subiendo una amplia escalera, llegamos a lo que pudo ser una galería de química técnica. Y aquí tenía no pocas esperanzas de hacer descubrimientos útiles. Salvo en un extremo, donde el techo se había derrumbado, esta galería estaba bien conservada. Me acerqué con avidez a cada caja intacta. Y por fin, en una de las cajas realmente herméticas, encontré una caja de cerillas. Con mucho entusiasmo las probé. Estaban en perfecto estado. Ni siquiera estaban húmedas. Me volví hacia Weena. "Baila", le grité en su propia lengua. Porque ahora sí que tenía un arma contra las horribles criaturas que temíamos. Y así, en aquel museo abandonado, sobre la espesa y suave alfombra de polvo, para enorme deleite de Weena, ejecuté solemnemente una especie de danza compuesta, silbando *La Tierra del Leal* tan alegremente como pude. En parte era un modesto cancán, en parte un baile de step, en parte un baile de faldas (hasta donde mi frac me lo permitía), y en parte original. Porque soy inventivo por naturaleza, como saben.

«Ahora bien, sigo pensando que el hecho de que esta caja de cerillas haya escapado al desgaste del tiempo durante años inmemoriales fue algo muy extraño, como para mí fue algo muy afortunado. Sin embargo, extrañamente, encontré una sustancia mucho más improbable, que era el alcanfor. Lo encontré en un frasco cerrado, que, por casualidad, supongo, había sido cerrado herméticamente. Al principio creí que se trataba de parafina y rompí el cristal en consecuencia. Pero el olor a alcanfor era inconfundible. En la decadencia universal, esta sustancia volátil había sobrevivido, quizá durante muchos miles de siglos. Me recordó una pintura sepia que había visto una vez hecha con la tinta de una belemnita que debía haber perecido y fosilizarse hace millones de años. Estuve a punto de tirar el alcanfor, pero recordé que era inflamable y que ardía con una buena llama brillante —era, de hecho, una excelente vela— y lo guardé en el bolsillo. Sin embargo, no encontré ningún explosivo ni ningún medio para derribar las puertas de bronce. Mi palanca de hierro era lo más útil que había encontrado. Sin embargo, salí de la galería muy satisfecho.

«No podría contar toda la historia de aquella larga tarde. Necesitaría un gran esfuerzo de memoria para recordar mis exploraciones en el orden adecuado. Recuerdo una larga galería de puestos de armas oxidadas, y cómo dudé entre mi palanca y un hacha o una espada. Sin embargo, no podía llevar las dos cosas, y mi barra de hierro era más prometedora contra las puertas de bronce. Había muchas armas, pistolas y rifles. La mayoría eran masas de óxido, pero muchos estaban hechos de algún metal nuevo, y todavía bastante sanos. Sin embargo, los cartuchos, o la pólvora, que pudieran haber existido se habían convertido en polvo. Una de las esquinas que vi estaba carbonizada y destrozada; tal vez, pensé, por una explosión entre los especímenes. En otro lugar había una gran variedad de ídolos: polinesios, mexicanos, griegos, fenicios, de todos los países del mundo, creo. Y aquí, cediendo a un impulso irresistible, escribí mi nombre en la nariz de un monstruo de esteatita de América del Sur que me atraía especialmente.

«A medida que avanzaba la tarde, mi interés disminuía. Recorrí una galería tras otra, polvorientas, silenciosas, a menudo ruinosas, los objetos expuestos a veces eran meros montones de óxido y lignito, a veces más frescos. En un lugar me encontré de repente cerca de la maqueta de una mina de estaño, y entonces, por un mero accidente, descubrí, en una caja hermética, ¡dos cartuchos de dinamita! Grité "¡Eureka!" y rompí la caja con alegría. Entonces me surgió una duda. Vacilé. Luego, seleccionando una pequeña galería lateral, hice un ensayo. Nunca sentí tanta decepción como al esperar cinco, diez, quince minutos una explosión que nunca llegó. Por supuesto, las cosas eran de utilería, como podría haber adivinado por su presencia en un museo. Realmente creo que si no lo hubieran sido, me habría tomado toda con prisa y habría hecho saltar por los aires la Esfinge, las puertas de bronce y (como se demostró) mis posibilidades de encontrar la Máquina del Tiempo.

«Fue después de eso, creo, cuando llegamos a un pequeño patio abierto dentro del palacio. Estaba cubierto de césped y tenía tres árboles frutales. Así que descansamos y nos refrescamos. Hacia el atardecer comencé a considerar nuestra posición. La noche se arrastraba sobre nosotros, y mi escondite inaccesible aún tenía que ser encontrado. Pero eso me preocupaba muy poco ahora. Tenía en mi poder una cosa que era, quizás, la mejor de todas las defensas contra los Morlocks: ¡tenía cerillas! También tenía el alcanfor en el bolsillo, por si hacía falta hacer un fogón. Me pareció que lo mejor que podíamos hacer era pasar la noche al aire libre, protegidos por una hoguera. Por la mañana había que buscar la Máquina del Tiempo. Para ese efecto, hasta ahora, sólo tenía mi maza de hierro. Pero ahora, con mis crecientes conocimientos, me sentía muy diferente hacia esas puertas de bronce. Hasta ahora, me había abstenido de forzarlas, en gran medida por el misterio que reinaba al otro lado. Nunca me habían parecido muy fuertes, y esperaba que mi barra de hierro no fuera del todo inadecuada para el trabajo.

XII — EN LA OSCURIDAD

«Salimos del Palacio cuando el sol estaba todavía parcialmente por encima del horizonte. Estaba decidido a llegar a la Esfinge Blanca a primera hora de la mañana siguiente, y antes del atardecer me propuse atravesar el bosque en el que me había detenido en el viaje anterior. Mi plan era llegar lo más lejos posible esa noche y luego, encendiendo un fuego, dormir al amparo de su resplandor. En consecuencia, a medida que avanzábamos, recogía los palos o la hierba seca que veía, y al poco tiempo tenía los brazos llenos de tales desperdicios. Así cargados, nuestro avance fue más lento de lo que había previsto, y además Weena estaba cansada. Yo también empecé a sufrir de somnolencia, de modo que se hizo de noche antes de que llegáramos al bosque. En la colina de arbustos a la linde, Weena quería detenerse, temiendo la oscuridad que nos esperaba, pero una singular sensación de calamidad inminente, que debería haberme servido de advertencia, me impulsó a seguir adelante. Llevaba una noche y dos días sin dormir, y estaba febril e irritable. Sentí que el sueño se me venía encima, y los Morlocks con él.

«Mientras dudábamos, entre los negros arbustos que había detrás de nosotros, y en la penumbra de su negrura, vi tres figuras agazapadas. Había matorrales y hierbas largas a nuestro alrededor, y no me sentí a salvo de su insidiosa aproximación. Calculé que el bosque tenía menos de una milla de ancho. Si podíamos atravesarlo hasta la ladera desnuda, allí, como me parecía, se encontraba un lugar de descanso completamente más seguro; pensé que con mis fósforos y mi alcanfor podría ingeniármelas para mantener mi camino iluminado a través del bosque. Sin embargo, era evidente que si quería frotar las cerillas con las manos tendría que abandonar la leña; así que, con bastante reticencia, la dejé. Y entonces se me ocurrió sorprender a nuestros amigos que teníamos atrás encendiéndola. Después descubrí la atroz insensatez de este procedimiento, pero se me ocurrió en ese momento como una jugada ingeniosa para cubrir nuestra retirada.

«No sé si han pensado alguna vez lo rara que debe ser la llama en ausencia del hombre y en un clima templado. El calor del sol rara vez es lo suficientemente fuerte como para quemar, incluso cuando es reflejado por las gotas de rocío, como ocurre a veces en zonas más tropicales. Los relámpagos pueden estallar y ennegrecer, pero rara vez dan lugar a un incendio generalizado. La vegetación en descomposición puede arder ocasionalmente con el calor de su fermentación, pero rara vez se produce una llama. En esta decadencia, también, el arte de hacer fuego había sido olvidado en la tierra. Las lenguas rojas que iban lamiendo mi montón de leña eran algo totalmente nuevo y extraño para Weena.

«Ella quería correr hacia el fuego y jugar con él. Creo que se habría lanzado al fuego si no la hubiera retenido. Pero la atrapé y, a pesar de unos forcejeos, continué audazmente delante mío, hacia el bosque. El resplandor de mi fuego iluminó el camino durante un trecho. Al mirar hacia atrás, pude ver, a través de los tallos amontonados, que desde mi montón de palos el fuego se había extendido a algunos arbustos adyacentes, y una línea curva de fuego se arrastraba por la hierba de la colina. Me reí de aquello y me volví de nuevo hacia los oscuros árboles que tenía delante. Era muy oscuro, y Weena se aferró a mí convulsivamente, pero todavía había, a medida que mis ojos se acostumbraban a la oscuridad, suficiente luz para evitar las ramas. En lo alto, todo era simplemente negro, excepto en los lugares en los que un remoto cielo azul brillaba sobre nosotros aquí y allá. No encendí ninguna de mis cerillas porque no tenía ninguna mano libre. En mi brazo izquierdo llevaba a mi pequeña, en mi mano derecha tenía mi barra de hierro.

«Durante un rato no oí más que el crujido de las ramas bajo mis pies, el débil susurro de la brisa en lo alto, mi propia respiración y el latido de los vasos sanguíneos en mis oídos. Luego me pareció percibir un golpeteo detrás de mí. Seguí avanzando con paso firme. El repiqueteo se hizo más claro, y entonces percibí el mismo sonido extraño y las mismas voces que había oído en el inframundo. Evidentemente, había varios Morlocks, y se estaban acercando a mí. En efecto, al cabo de un minuto sentí un tirón en mi abrigo y luego algo en mi brazo. Y Weena se estremeció violentamente y se quedó quieta.

«Era el momento para una cerilla. Pero para conseguirla debía bajar a Weena. Así lo hice y, mientras tanteaba el bolsillo, comenzó un forcejeo en la oscuridad alrededor de mis rodillas, perfectamente silencioso por parte de ella y con los mismos peculiares arrullos de los Morlocks. Unas manitas suaves también se deslizaban por mi abrigo y mi espalda, tocando incluso mi cuello. Entonces raspé la cerilla y ésta chisporroteó. La mantuve encendida y vi las blancas espaldas de los Morlocks huyendo entre los árboles. Me apresuré a sacar un trozo de alcanfor del bolsillo y me preparé para encenderlo en cuanto la cerilla se apagara. Entonces miré a Weena. Estaba aferrada a mis pies, inmóvil, con la cara en el suelo. Con un susto repentino me incliné hacia ella. Parecía que apenas respiraba. Encendí el bloque de alcanfor y lo arrojé al suelo, y mientras se partía y ardía y hacía retroceder a los Morlocks y a las sombras, me arrodillé y la levanté. ¡El bosque que había detrás parecía lleno de la agitación y se oía el murmullo de un gran grupo!

«Parecía haberse desmayado. La puse cuidadosamente sobre mi hombro y me levanté para seguir adelante, y entonces me di cuenta de algo horrible. Al maniobrar con mis cerillas y Weena, había dado varias cueltas sobre mí mismo, y ahora no tenía la menor idea de la dirección en que se encontraba mi camino. En mi desconocimiento, podía estar mirando hacia atrás, hacia el Palacio de la Porcelana Verde. Sentí un sudor frío. Tenía que pensar rápidamente qué hacer. Decidí encender una hoguera y acampar donde estábamos. Puse a Weena, todavía inmóvil, sobre un tronco de turba, y muy apresuradamente, mientras mi primer trozo de alcanfor se desvanecía, comencé a recoger palos y hojas. Aquí y allá, en la oscuridad que me rodeaba, los ojos de los Morlocks brillaban como carbuncos.

«El alcanfor parpadeó y se apagó. Encendí una cerilla y, al hacerlo, dos formas blancas que se habían acercado a Weena se alejaron apresuradamente. Una de ellas estaba tan cegada por la luz que vino directamente hacia mí, y sentí que sus huesos crujían bajo el golpe de mi puño. Dio un grito de consternación, se tambaleó un poco y cayó al suelo. Encendí otro trozo de alcanfor y seguí preparando mi hoguera. En ese momento me di cuenta de lo seco que estaba parte del follaje por encima de mí, pues desde mi llegada en la Máquina del Tiempo, hacía una semana, no había llovido. Así que, en lugar de buscar ramitas caídas entre los árboles, comencé a extender los brazos y arrastrar ramas. Muy pronto tuve un fuego ahogado de madera verde y palos secos, y pude economizar mi alcanfor. A continuación me volví hacia donde Weena yacía junto a mi maza de hierro. Intenté reanimarla como pude, pero yacía como si estuviera muerta. Ni siquiera pude comprobar si respiraba o no.

«Ahora, el humo del fuego golpeaba hacia mí, y debió de embotarme por un momento. Además, el vapor del alcanfor estaba en el aire. Mi fuego no necesitaría reabastecimiento hasta dentro de una hora más o menos. Me sentí muy cansado después de mi esfuerzo y me senté. En el bosque también se oía un murmullo lúgubre que no entendía. Me pareció que sólo podía asentir y abrir los ojos. Pero todo estaba oscuro, y los Morlocks tenían sus manos sobre mí. Al zafarme de sus dedos, me apresuré a buscar la caja de cerillas en el bolsillo, y... ¡había desaparecido! Entonces me agarraron y me rodearon nuevamente. En un momento supe lo que había pasado. Me había dormido y mi fuego se había apagado, y la amargura de la muerte se apoderó de mi alma. El bosque parecía estar lleno de olor a madera quemada. Me cogieron por el cuello, por el pelo, por los brazos, y me tiraron hacia abajo. Era indescriptiblemente horrible, en la oscuridad, sentir a todas esas suaves criaturas amontonadas sobre mí. Me sentía como si estuviera en una monstruosa tela de araña. Fui dominado y caí. Sentí unos pequeños dientes que me mordían el cuello. Me di la vuelta, y al hacerlo mi mano se topó con mi palanca de hierro. Me dio fuerzas. Me levanté con dificultad, sacudiendo a las ratas humanas de mi lado y, empuñando la barra, arremetí donde juzgué que podrían estar sus caras. Pude sentir el suculento ceder de la carne y el hueso bajo mis golpes, y por un momento fui libre.

«La extraña euforia que tan a menudo parece acompañar a los combates encarnizados me invadió. Sabía que tanto yo como Weena estábamos perdidos, pero decidí hacer que los Morlocks pagaran por su carne. Me puse de espaldas a un árbol, balanceando la barra de hierro ante mí. Todo el bosque estaba lleno del revuelo y los gritos de ellos. Pasó un minuto. Sus voces parecían elevarse a un tono más alto de excitación, y sus movimientos se hacían más rápidos. Sin embargo, ninguno se acercó a mí. Me quedé mirando la oscuridad. Entonces, de repente, llegó la esperanza. ¿Y si los Morlocks tenían miedo? Y muy cerca de eso sucedió algo extraño. La oscuridad pareció disiparse. Comencé a ver muy débilmente a los Morlocks a mi alrededor —tres de ellos batidos a mis pies— y luego reconocí, con incrédula sorpresa, que los otros corrían, en una corriente incesante, tal como parecía, desde detrás de mí, y se alejaban hacia el bosque frente a mí. Y sus espaldas ya no parecían blancas, sino rojizas. Mientras me quedaba boquiabierto, vi que una pequeña chispa roja atravesaba un hueco de luz estelar entre las ramas y se desvanecía. Y en ese momento comprendí el olor a madera quemada, el murmullo que se convertía ahora en un rugido rabioso, el resplandor rojo y la huida de los Morlocks.

«Al salir de detrás de un árbol y mirar hacia atrás, vi, a través de los troncos negros de los árboles más cercanos, las llamas del bosque en llamas. Era el primer fuego que yo había hecho y venía tras de mí. Busqué a Weena, pero ya no estaba. El siseo y el crepitar detrás de mí, el estruendo explosivo de cada nuevo árbol que estallaba en llamas, dejaban poco tiempo para la reflexión. Con mi barra de hierro aún agarrada, seguí el camino de los Morlocks. Fue una carrera muy reñida. En una ocasión, las llamas avanzaron tan rápidamente por mi derecha mientras yo corría, que me vi flanqueado y tuve que desviarme hacia la izquierda. Pero por fin llegué a un pequeño espacio abierto, y cuando lo hice, un Morlock se acercó a mí y me sobrepasó, ¡y siguió directamente hacia el fuego!

«Y ahora iba a ver la cosa más extraña y horrible, creo, de todas las que contemplé en aquella época futura. Todo este espacio estaba tan brillante como el día con el reflejo del fuego. En el centro había un montículo o túmulo, coronado por un espino quemado. Más allá había otro brazo del bosque en llamas, del que ya se retorcían lenguas amarillas, rodeando completamente el espacio con un cerco de fuego. En la ladera de la colina había unos treinta o cuarenta Morlocks, deslumbrados por la luz y el calor, que iban de un lado a otro en su desconcierto. Al principio no me di cuenta de su ceguera, y les golpeé furiosamente con mi barra, en un frenesí de miedo, mientras se acercaban a mí, matando a uno y mutilando a varios más. Pero cuando observé los gestos de uno de ellos que se movía a tientas bajo el espino contra el cielo rojo, y oí sus gemidos, me aseguré de su absoluta impotencia y miseria en el resplandor, y no les golpeé más.

«Sin embargo, de vez en cuando uno venía directamente hacia mí, desatando un horror tembloroso que me hacía apresurarme a eludirlo. En un momento dado las llamas se apagaron un poco, y temí que las asquerosas criaturas pudieran verme en ese momento. Pensaba comenzar la lucha matando a algunos de ellos antes de que esto sucediera; pero el fuego volvió a estallar con fuerza, y me detuve. Caminé por la colina entre ellos y los evité, buscando algún rastro de Weena. Pero Weena había desaparecido.

«Por fin me senté en la cima de la colina y observé a esta extraña e increíble compañía de seres ciegos que iban de un lado a otro y hacían ruidos extraños entre sí, mientras el resplandor del fuego los golpeaba. La espiral de humo se extendía por el cielo, y a través de los raros jirones de aquel dosel rojo, remotos como si pertenecieran a otro universo, brillaban las pequeñas estrellas. Dos o tres Morlocks se acercaron a mí, y los ahuyenté con golpes de puño, temblando al hacerlo.

«Durante la mayor parte de esa noche estuve convencido de que era una pesadilla. Me abofeteaba y grité con el deseo apasionado de despertarme. Golpeaba el suelo con las manos, me levantaba y volvía a sentarme, y vagaba por aquí y por allá, y de nuevo me sentaba. Luego caía en la tentación de frotarme los ojos e invocar a Dios para que me dejara despertar. Tres veces vi a los Morlocks bajar la cabeza en una especie de agonía y precipitarse a las llamas. Pero, por fin, por encima del rojo del fuego, por encima de las masas de humo negro y de los troncos de los árboles que se blanqueaban y ennegrecían, y del número cada vez menor de estas tenues criaturas, llegó la luz blanca del día.

«Busqué de nuevo rastros de Weena, pero no había ninguno. Estaba claro que habían dejado su pobre cuerpecito en el bosque. No puedo describir cómo me alivió pensar que había escapado del horrible destino al que parecía estar destinado. Al pensar en ello, casi me sentí impulsado a comenzar una masacre de las indefensas abominaciones que me rodeaban, pero me contuve. La colina, como he dicho, era una especie de isla en el bosque. Desde su cima podía distinguir ahora, a través de una neblina de humo, el Palacio de la Porcelana Verde, y desde allí podía orientarme hacia la Esfinge Blanca. Y así, dejando el remanente de estas almas condenadas que aún iban de aquí para allá y gemían, a medida que el día se aclaraba, me até un poco de hierba a los pies y seguí cojeando a través de las cenizas humeantes y entre los tallos negros que aún latían internamente con fuego, hacia el escondite de la Máquina del Tiempo. Caminé lentamente, pues estaba casi agotado, además de cojo, y sentí la más intensa desdicha por la horrible muerte de la pequeña Weena. Parecía una calamidad abrumadora. Ahora, en esta vieja habitación familiar, se parece más a la pena de un sueño que a una pérdida real. Pero esa mañana me sentí absolutamente solo otra vez... terriblemente solo. Empecé a pensar en esta casa mía, en esta chimenea, en algunos de ustedes, y con tales pensamientos llegó una añoranza que se convirtió en dolor.

«Pero, mientras caminaba sobre las humeantes cenizas bajo el brillante cielo de la mañana, hice un descubrimiento. En el bolsillo de mi pantalón había todavía algunas cerillas sueltas. Seguramente se deslizaron de la caja antes que ésta se perdiera.

«Hacia las ocho o nueve de la mañana llegué al mismo banco de metal amarillo desde el que había contemplado el mundo la tarde de mi llegada. Pensé en mis precipitadas conclusiones de aquella noche y no pude evitar reírme amargamente de mi confianza. Aquí estaba la misma hermosa escena, el mismo abundante follaje, los mismos espléndidos palacios y magníficas ruinas, el mismo río de plata corriendo entre sus fértiles orillas. Las alegres vestimentas de la hermosa gente se movían de un lado a otro entre los árboles. Algunos se bañaban exactamente en el lugar donde yo había salvado a Weena, y eso me produjo de repente una aguda punzada de dolor. Y, como manchas en el paisaje, se alzaban las cúpulas sobre los caminos del Inframundo. Ahora comprendía todo lo que cubría la belleza de los habitantes del Ultramundo. Su día era muy agradable, tan agradable como el día del ganado en el campo. Al igual que el ganado, no conocían enemigos y no tenían necesidades. Y su fin era el mismo.

«Me apenaba pensar en lo breve que había sido el sueño del intelecto humano. Había cometido suicidio. Se había orientado firmemente hacia la comodidad y la facilidad; una sociedad equilibrada con seguridad y permanencia como consigna había alcanzado sus esperanzas... para llegar a esto finalmente. Antes de eso, la vida y la propiedad debían haber alcanzado una seguridad casi absoluta. El rico tenía asegurada su riqueza y su comodidad, el trabajador tenía asegurada su vida y su trabajo. Sin duda, en ese mundo perfecto no había habido ningún problema de desempleo, ninguna cuestión social sin resolver. Y una gran tranquilidad había venido a continuación.

«Es una ley de la naturaleza que pasamos por alto, que la versatilidad intelectual es la compensación por el cambio, el peligro y los problemas. Un animal en perfecta armonía con su entorno es un mecanismo perfecto. La naturaleza nunca apela a la inteligencia hasta que el hábito y el instinto son inútiles. No hay inteligencia donde no hay cambio ni necesidad de cambio. Sólo tienen inteligencia los animales que tienen que satisfacer una gran variedad de necesidades y peligros.

«Así que, tal y como yo lo veo, el hombre del Mundo Superior había derivado hacia su débil belleza, y el del Inframundo hacia la mera industria mecánica. Pero a ese estado perfecto le había faltado incluso algo para la perfección mecánica: la permanencia absoluta. Al parecer, con el paso del tiempo, el sistema alimentario del Inframundo, fuera como fuera, se había desarticulado. La Madre Necesidad, que había sido aplazada durante algunos miles de años, regresó de nuevo, y comenzó por abajo. El Inframundo, al estar en contacto con una maquinaria que, por muy perfecta que sea, sigue necesitando un poco de pensamiento fuera del hábito, probablemente había conservado forzosamente bastante más iniciativa, aunque menos de cualquier otro carácter humano, que el Mundo Superior. Y cuando otras carnes les faltaron, recurrieron a lo que la vieja costumbre les había prohibido hasta entonces. Así lo vi yo en mi última visión del mundo de Ochocientos y Dos Mil Setecientos Uno. Puede ser una explicación tan errónea como el ingenio mortal podría inventar. Es la forma en que la cosa se me presentó, y como tal se la entrego a ustedes.

«Después de las fatigas, excitaciones y terrores de los últimos días, y a pesar de mi dolor, este sitio y la tranquila vista y la cálida luz del sol eran muy agradables. Estaba muy cansado y somnoliento, y pronto mi teorización se convirtió en adormecimiento. Al darme cuenta de ello, seguí mi propia sugerencia, y extendiéndome sobre el césped tuve un sueño largo y reparador.

«Me desperté un poco antes de la puesta de sol. Ahora me sentía seguro de no ser sorprendido por los Morlocks mientras dormía, y, estirándome, bajé la colina hacia la Esfinge Blanca. Tenía la palanca en una mano y la otra jugaba con las cerillas en el bolsillo.

«Y entonces ocurrió lo más inesperado. Al acercarme al pedestal de la esfinge me encontré con que las puertas de bronce estaban abiertas. Se habían deslizado hacia abajo, por las ranuras.

«Ante eso me detuve en seco, dudando en entrar.

«Dentro había un pequeño apartamento, y en un lugar elevado en la esquina de éste estaba la Máquina del Tiempo. Yo tenía las pequeñas palancas en mi bolsillo. Así que aquí, después de todos mis elaborados preparativos para el asedio de la Esfinge Blanca, había una mansa rendición. Tiré mi barra de hierro, casi arrepentido de no haberla usado.

«Un pensamiento repentino me vino a la cabeza mientras me inclinaba hacia el portal. Por una vez, al menos, comprendí las operaciones mentales de los Morlocks. Reprimiendo una fuerte inclinación a reír, atravesé el marco de bronce y me acerqué a la Máquina del Tiempo. Me sorprendió ver que había sido cuidadosamente aceitada y limpiada. Desde entonces, sospeché que los Morlocks la habían desmontado en parte, cuando intentaban, a su manera, comprender su propósito.

«Ahora, cuando me quedé examinándolo, encontrando un placer en el mero tacto del artilugio, sucedió lo que había esperado. Los paneles de bronce se deslizaron repentinamente hacia arriba y golpearon el marco con un estruendo. Me encontraba en la oscuridad, atrapado. Eso pensaron los Morlocks. Al pensar en eso, me reí entre dientes.

«Ya podía oír sus risas murmurantes mientras se acercaban a mí. Con mucha calma intenté encender la cerilla. Sólo tenía que fijar las palancas y partir entonces como un fantasma. Pero había pasado por alto una pequeña cosa. Las cerillas eran de esas que se encienden sólo en la caja.

«Pueden imaginarse cómo se desvaneció toda mi calma. Los pequeños brutos estaban cerca de mí. Uno me tocó. Les di un golpe en la oscuridad, sacudiéndome con las palancas y comencé a subirme al asiento de la máquina. Una mano me tocó y luego otra. A continuación sólo tuve que luchar contra sus persistentes dedos para sujetar las palancas y, al mismo tiempo, buscar los pernos en los que éstas encajaban. Una, en efecto, casi se me escapa. Cuando se me resbaló de la mano, tuve que dar un golpe en la oscuridad con la cabeza —podía oír cómo sonaba el cráneo de un Morlock— para recuperarla. Fue algo más cercano que la pelea en el bosque, creo, este último forcejeo.

«Pero al final la palanca se fijó y la empujé. Las manos que se aferraban a mí se soltaron. La oscuridad desapareció de mis ojos. Me encontré con la misma luz gris y el mismo tumulto que ya he descrito.

«Ya les he hablado del malestar y la confusión que conllevan los viajes en el tiempo. Y esta vez no estaba bien sentado en el asiento, sino de lado y de forma inestable. Durante un tiempo indefinido me aferré a la máquina mientras se balanceaba y vibraba, sin prestar atención a cómo iba, y cuando volví a mirar los diales me sorprendí al ver a dónde había llegado. Un dial registra los días, y otro los miles de días, otro los millones de días, y otro los miles de millones. Ahora bien, en lugar de invertir las palancas, las había tirado en dirección de avance y cuando llegué a mirar estos indicadores encontré que la aguja de los miles daba vueltas tan rápido como el segundero de un reloj... hacia el futuro.

«A medida que avanzaba, se podía ver un cambio peculiar sobre la apariencia de las cosas. La grisura palpitante se hizo más oscura; a continuación —aunque seguía viajando a una velocidad prodigiosa— la sucesión de parpadeos del día y la noche, que solía ser el indicador de un ritmo más lento, regresó, y se hizo más y más marcada. Esto me desconcertó mucho al principio. Las alternancias de la noche y el día se hacían cada vez más lentas, al igual que el paso del sol por el cielo, hasta que parecían prolongarse durante siglos. Por fin, un crepúsculo constante se cernía sobre la tierra, un crepúsculo que sólo se interrumpía de vez en cuando cuando un cometa atravesaba el cielo oscuro. La franja de luz que indicaba el sol hacía tiempo que había desaparecido, pues el sol había dejado de ponerse; simplemente salía y se ponía por el oeste, y se hacía cada vez más ancho y rojo. Todo rastro de la luna se había desvanecido. El círculo de las estrellas, cada vez más lento, había dado paso a puntos de luz que se arrastraban. Por fin, algún tiempo antes de que me detuviera, el sol, rojo y muy grande, se detuvo inmóvil sobre el horizonte, una vasta cúpula que brillaba con un calor apagado, y que de vez en cuando sufría una extinción momentánea. En un momento dado había vuelto a brillar con más intensidad, pero rápidamente volvía a su hosco calor rojo. Percibí por esta ralentización de su subida y bajada que el trabajo de la marea había terminado. La tierra se había posado con una cara hacia el sol, igual que en nuestra época la luna se enfrenta a la Tierra. Con mucha cautela, pues recordaba mi anterior caída estrepitosa, comencé a invertir mi movimiento. Más y más despacio iban las agujas que daban vueltas, hasta que el millar parecía inmóvil y el indicador diario ya no era una mera niebla en su escala. Aún más lento, hasta que los tenues contornos de una playa desolada se hicieron visibles.

«Me detuve muy suavemente y me senté en la Máquina del Tiempo, mirando a mi alrededor. El cielo ya no era azul. Hacia el noreste era negro como la tinta, y en la negrura brillaban con fuerza y constancia las pálidas estrellas blancas. Por encima era de un rojo indio intenso y sin estrellas, y hacia el sureste se hacía más brillante hasta llegar a un escarlata brillante donde, cortado por el horizonte, se encontraba el enorme casco del sol, rojo e inmóvil. Las rocas que me rodeaban eran de un duro color rojizo, y todo el rastro de vida que pude ver en un principio era la vegetación intensamente verde que cubría cada punto saliente de su cara sureste. Era el mismo verde intenso que se ve en el musgo de los bosques o en los líquenes de las cuevas: plantas que, como éstas, crecen en un crepúsculo perpetuo.

«La máquina se encontraba en una playa inclinada. El mar se extendía hacia el suroeste, hasta convertirse en un horizonte nítido y brillante contra el cielo pálido. No había rompientes ni olas, pues no había un soplo de viento. Sólo un ligero oleaje aceitoso subía y bajaba como una suave respiración, y mostraba que el eterno mar seguía moviéndose y viviendo. Y a lo largo de la orilla, donde el agua rompía a veces, había una gruesa incrustación de sal... rosada bajo el cielo escabroso. Yo tenía una sensación de opresión en la cabeza y noté que respiraba muy rápidamente. La sensación me recordaba a mi única experiencia de montañismo, y por ello juzgué que el aire estaba más enrarecido que ahora.

«A lo lejos, en la desolada ladera, oí un duro grito y vi una cosa parecida a una enorme mariposa blanca que se deslizaba y revoloteaba hacia el cielo y, dando vueltas, desaparecía por encima de unas bajas colinas, más allá. El sonido de su voz era tan lúgubre que me estremecí y me senté más firmemente sobre la máquina. Mirando de nuevo a mi alrededor, vi que, muy cerca, lo que yo había tomado por una masa rojiza de roca se movía lentamente hacia mí. En ese momento vi que la cosa era en realidad una monstruosa criatura parecida a un cangrejo. ¿Se imaginan un cangrejo tan grande como aquella mesa, con sus numerosas patas moviéndose, lento e inseguro, sus grandes pinzas balanceándose, sus largas antenas, como látigos de carretero, agitándose y palpando, y sus ojos pedunculados mirándoles a ambos lados de su frente metálica? Su espalda era ondulada y estaba ornamentada con protuberancias desgarbadas, y una incrustación verdosa la manchaba aquí y allá. Podía ver los numerosos palpos de su complicada boca parpadeando y palpando mientras se movía.

«Mientras miraba esta siniestra aparición que se arrastraba hacia mí, sentí un cosquilleo en mi mejilla, como si una mosca se hubiera posado allí. Intenté apartarla con la mano, pero en un momento la sensación volvió, y casi inmediatamente vino otra, junto a mi oreja. Golpeé mi oreja y atrapé algo parecido a un hilo. Me lo quitaron rápidamente de la mano. Con un espantoso escalofrío, me volví y vi que había agarrado la antena de otro cangrejo monstruoso que estaba justo detrás de mí. Sus ojos malignos se retorcían en sus tallos, su boca estaba llena de apetito, y sus enormes y desgarbadas garras, untadas con una baba de algas, descendían sobre mí. Al momento siguiente mi mano estaba sobre la palanca, y había colocado un mes entre yo y estos monstruos. Pero seguía en la misma playa, y ahora los veía claramente al detenerme. Docenas de ellos parecían arrastrarse aquí y allá, en la sombría luz, entre las foliadas hojas de un verde intenso.

«No puedo transmitir la sensación de abominable desolación que se cernía sobre el mundo. El cielo rojo del este, la negrura hacia el norte, el salado Mar Muerto, la playa pedregosa llena de esos monstruos asquerosos que se agitan lentamente, el verde uniforme de aspecto venenoso de los líquenes, el aire delgado que lastima los pulmones: todo contribuía a un efecto espantoso. Avancé cien años, y allí estaba el mismo sol rojo —un poco más grande, un poco más apagado—, el mismo mar moribundo, el mismo aire frío, y la misma multitud de crustáceos terrestres entrando y saliendo entre la hierba verde y las rocas rojas. Y en el cielo del oeste, vi una línea curva y pálida como una vasta luna nueva.

«Así viajé, deteniéndome una y otra vez, a grandes zancadas de mil años o más, atraído por el misterio del destino de la tierra, viendo con una extraña fascinación cómo el sol se volvía más grande y más apagado en el cielo del oeste, y cómo la vida de la vieja tierra se desvanecía. Por fin, después de más de treinta millones de años, la enorme cúpula al rojo vivo que era el sol había llegado a ocupar casi una décima parte de los ennegrecidos cielos. Entonces me detuve una vez más, pues la multitud de cangrejos que se arrastraba había desaparecido, y la playa roja, salvo por sus musgos y líquenes verdes, parecía sin vida. Ahora estaba salpicada de blanco. Me asaltó un frío penetrante. Raros copos blancos descendían una y otra vez. Hacia el noreste, el resplandor de la nieve se extendía bajo la luz de las estrellas del cielo azabache, y pude ver una cresta ondulada de colinas de color blanco rosado. Había franjas de hielo a lo largo del margen del mar, con icebergs a la deriva, más allá; pero la extensión principal de aquel océano salado, toda ella ensangrentada bajo el eterno atardecer, seguía sin congelarse.

«Miré a mi alrededor para ver si quedaba algún rastro de vida animal. Una cierta aprensión indefinible me mantenía todavía en el asiento de la máquina. Pero no vi nada que se moviera, ni en la tierra ni en el cielo ni en el mar. Sólo el limo verde de las rocas atestiguaba que la vida no se había extinguido. Un banco de arena poco profundo había aparecido en el mar y el agua se había retirado de la playa. Me pareció ver un objeto negro flotando sobre la orilla, pero se quedó inmóvil mientras lo miraba, y juzgué que mi ojo había sido engañado y que el objeto negro era simplemente una roca. Las estrellas del cielo eran intensamente brillantes y me pareció que titilaban muy poco.

«De repente me di cuenta de que el contorno circular del sol hacia el oeste había cambiado; que había aparecido una concavidad, una bahía, en la curva. Vi que se agrandaba. Durante un minuto me quedé mirando atónito esta negrura que se arrastraba sobre el día, y entonces me di cuenta de que estaba comenzando un eclipse. La luna o el planeta Mercurio atravesaban el disco solar. Naturalmente, al principio creí que se trataba de la Luna, pero hay mucho que me inclina a creer que lo que realmente vi fue el tránsito de un planeta interior que pasaba muy cerca de la Tierra.

«La oscuridad crecía rápidamente; un viento frío comenzó a soplar con ráfagas frescas desde el este, y la lluvia de copos blancos en el aire aumentó en número. Desde la orilla del mar llegaban olas y susurros. Más allá de estos sonidos sin vida, el mundo estaba en silencio. ¿En silencio? Sería difícil transmitir su quietud. Todos los sonidos del hombre, el balido de las ovejas, los gritos de los pájaros, el zumbido de los insectos, el revuelo que constituye el trasfondo de nuestras vidas... todo eso había terminado. A medida que la oscuridad se hacía más densa, los copos que se arremolinaban danzaban ante mis ojos, y el frío del aire era más intenso. Por fin, uno a uno, rápidamente, uno tras otro, los blancos picos de las lejanas colinas se desvanecieron en la oscuridad. La brisa se elevó hasta convertirse en un viento quejumbroso. Vi la negra sombra central del eclipse barriendo hacia mí. Al momento siguiente sólo eran visibles las pálidas estrellas. Todo lo demás era una oscuridad sin rayos. El cielo estaba absolutamente negro.

«Un horror de esta gran oscuridad se apoderó de mí. El frío, que me llegaba hasta el tuétano, y el dolor que sentía al respirar, se apoderaron de mí. Me estremecí y una náusea mortal me dominó. Entonces, como un arco al rojo vivo en el cielo, apareció el borde del sol. Me bajé de la máquina para recuperarme. Me sentía mareado e incapaz de afrontar el viaje de vuelta. Mientras permanecía enfermo y confuso, volví a ver la cosa que se movía en el banco de arena —ya no había duda de que era una cosa que se movía— contra el agua roja del mar. Era una cosa redonda, quizá del tamaño de un balón de fútbol, o tal vez más grande, y de ella se desprendían tentáculos; parecía negra contra el agua roja como la sangre, y daba saltos irregulares. Entonces sentí que me desmayaba. Pero un terrible temor a quedar indefenso en aquella remota y horrible penumbra me sostuvo mientras subía al asiento.

«Así que volví. Durante mucho tiempo debí permanecer insensible, sobre la máquina. La sucesión intermitente de los días y las noches se reanudó, el sol volvió a dorarse, el cielo a ser azul. Respiré con mayor libertad. Los contornos fluctuantes de la tierra fluían y disminuían. Las manecillas giraban hacia atrás en los diales. Por fin volví a ver las tenues sombras de las casas, las evidencias de la humanidad decadente. Estas también cambiaron y pasaron, y otras llegaron. En ese momento, cuando el dial del millón estaba en cero, aflojé la velocidad. Empecé a reconocer nuestra bonita y familiar arquitectura, la aguja que indica los miles volvió al punto de partida, la noche y el día aletearon cada vez más despacio. A continuación las viejas paredes del laboratorio me rodearon. Muy suavemente, ahora, frené el mecanismo.

«Vi una pequeña cosa que me pareció extraña. Creo que les he dicho que cuando salí, antes de que mi velocidad fuera muy alta, la señora Watchett había atravesado la habitación, desplazándose, según me pareció, como un cohete. Al regresar, volví a pasar por ese minuto en que ella atravesó el laboratorio. Pero ahora todos sus movimientos parecían ser la inversión exacta de los anteriores. La puerta del extremo inferior se abrió, y ella se deslizó silenciosamente por el laboratorio, con la espalda por delante, y desapareció tras la puerta por la que había entrado anteriormente. Justo antes me pareció ver a Hillyer por un momento, pero él pasó como un rayo.

«Entonces detuve la máquina y volví a ver a mi alrededor el viejo y familiar laboratorio, mis herramientas y mis aparatos tal como los había dejado. Me bajé de la cosa muy temblorosamente y me senté en un banco. Durante varios minutos temblé violentamente. Luego me tranquilicé. A mi alrededor estaba de nuevo mi antiguo taller, exactamente como era antes. Podría haber dormido allí y pensar que todo hubiera sido un sueño.

«¡Y sin embargo, no era así exactamente! La cosa había partido de la esquina sureste del laboratorio. Había vuelto a posarse en el noroeste, contra la pared donde ustedes la vieron. Eso les da la distancia exacta desde mi pequeña parcela de césped hasta el pedestal de la Esfinge Blanca, al que los Morlocks habían llevado mi máquina.

«Durante un tiempo mi cerebro se estancó. Al cabo de un rato me levanté y atravesé el pasillo, cojeando, porque aún me dolía el talón, y me sentía sucio. Vi la *Pall Mall Gazette* en la mesa junto a la puerta. Descubrí que la fecha era efectivamente hoy y, mirando el reloj, vi que la hora era casi las ocho. Oí las voces de ustedes y el ruido de los platos. Dudé, me sentía tan débil y enfermo. Luego olfateé una buena y sana carne, y abrí la puerta. El resto ya lo saben. Me lavé y cené, y ahora les estoy contando la historia.

«Sé», dijo, después de una pausa, «que todo esto es absolutamente increíble para ustedes, pero para mí lo único increíble es que estoy aquí esta noche, en esta vieja habitación que me es familiar, mirando sus rostros amigables y contándoles estas extrañas aventuras». Miró al Médico. «No. No puedo esperar que usted me crea. Tómelo como una mentira, o como una profecía. Diga que lo he soñado en el taller. Considere que he estado especulando sobre los destinos de nuestra raza, y que he urdido esta ficción. Considere mi afirmación de su verdad como un mero golpe de arte para aumentar su interés. Y, tomándolo sólo como una historia, ¿qué le parece?».

Tomó su pipa y comenzó a golpear nerviosamente con ella los barrotes de la rejilla de la chimenea, como era su costumbre. Hubo un momento de silencio. Luego, las sillas empezaron a crujir y los zapatos a raspar la alfombra. Aparté los ojos del rostro del Viajero del Tiempo y miré a su público. Estaban a oscuras, y pequeñas manchas de color nadaban ante ellos. El Médico parecía absorto en la contemplación de nuestro anfitrión. El Editor miraba con atención la punta de su cigarro… el sexto. El Periodista buscaba a tientas su reloj. Los demás, por lo que recuerdo, se quedaron inmóviles.

El Editor se levantó con un suspiro. «¡Qué lástima que no sea usted escritor de historias!», dijo, poniendo la mano en el hombro del Viajero del Tiempo.

«¿No se lo cree?».

«Bueno…».

«Ya decía yo que no».

El Viajero del Tiempo se volvió hacia nosotros. «¿Dónde están las cerillas?», dijo. Encendió una y habló sobre su pipa, dando una calada. «A decir verdad… casi no me lo creo yo… y sin embargo…».

Su mirada se posó con una muda indagación en las marchitas flores blancas que había sobre la mesita. Luego giró la mano que sostenía su pipa y vi que se estaba mirando unas cicatrices a medio curar en los nudillos.

El Médico se levantó, se acercó a la lámpara y examinó las flores. «El gineceo es extraño», dijo. El Psicólogo se inclinó hacia adelante para ver, extendiendo la mano para obtener un espécimen.

«Que me cuelguen si no es ya la una menos cuarto», dijo el Periodista. «¿Cómo vamos a llegar a casa?».

«Hay muchos taxis en la estación», dijo el Psicólogo.

«Es una cosa curiosa», dijo el Médico; «pero ciertamente no conozco el orden natural de estas flores. ¿Puedo cogerlas?».

El Viajero del Tiempo dudó. Luego, dijo de repente: «por supuesto que no».

«¿De dónde las ha sacado realmente?», dijo el Médico.

El Viajero del Tiempo se llevó la mano a la cabeza. Hablaba como quien intenta retener una idea que se le escapa. «Me las metió en el bolsillo Weena, cuando viajé en el Tiempo». Miró alrededor de la habitación. «Que me condenen si no desaparece todo. Esta habitación y ustedes y el ambiente cotidiano es demasiado para mi memoria. ¿Hice alguna vez una Máquina del Tiempo, o un modelo de una Máquina del Tiempo? ¿O todo es sólo un sueño? Dicen que la vida es un sueño, un precioso y pobre sueño a veces… pero no puedo soportar un sueño que no se ajuste. Es una locura. ¿Y de dónde viene el sueño?… Debo mirar esa máquina. ¡Si es que la hay!».

Cogió la lámpara con rapidez y la llevó, echando llamas rojas, a través de la puerta hacia el pasillo. Le seguimos. Allí, a la luz parpadeante de la lámpara, se encontraba la máquina, achaparrada, fea y torcida, una cosa de bronce, ébano, marfil y cuarzo translúcido y brillante. Sólida al tacto —pues extendí la mano y palpé la barandilla— y con manchas marrones sobre el marfil, y trozos de hierba y musgo en las partes inferiores, y una de las barandillas doblada formando una extraña forma.

El Viajero del Tiempo dejó la lámpara sobre el banco y pasó la mano por la barandilla dañada. «Ya está todo bien», dijo. «La historia que les conté era cierta. Siento hacerles venir aquí con el frío». Cogió la lámpara y, en un silencio absoluto, volvimos a la sala de fumadores.

Entró en el vestíbulo con nosotros y ayudó al Editor a ponerse su abrigo. El Médico le miró a la cara y, con cierta vacilación, le dijo que sufría de exceso de trabajo, ante lo cual él se rió enormemente. Le recuerdo de pie en la puerta abierta, dando las buenas noches.

Compartí un taxi con el Editor. Le pareció que el cuento era una «mentira chillona». Por mi parte, fui incapaz de llegar a una conclusión. La historia era tan fantástica e increíble, el relato tan creíble y sobrio. Estuve despierto casi toda la noche pensando en ello. Decidí ir al día siguiente y volver a ver al Viajero del Tiempo. Me dijeron que estaba en el laboratorio, y como yo conocía bien la casa, me dirigí allí. El laboratorio, sin embargo, estaba vacío. Me quedé mirando durante un minuto la Máquina del Tiempo y extendí la mano para tocar la palanca. En ese momento, la masa, de aspecto achaparrado y contundente, se balanceó como una rama sacudida por el viento. Su inestabilidad me sobresaltó enormemente, y tuve una extraña reminiscencia de mi infancia, en la que se me prohibía entrometerme. Volví por el pasillo. El Viajero del Tiempo se encontró conmigo en la sala de fumadores. Venía de la casa. Llevaba una pequeña cámara bajo un brazo y una mochila bajo el otro. Se rió al verme y me dio un codazo para que lo estrechara. «Estoy terriblemente ocupado», dijo, «con esa cosa ahí».

«¿Pero no es un engaño?», dije. «¿Realmente viaja en el tiempo?».

«De verdad que sí». Y me miró francamente a los ojos. Dudó. Sus ojos vagaron por la habitación. «Sólo necesito media hora», dijo. «Sé por qué ha venido, y es muy bueno de su parte. Hay algunas revistas aquí. Si me espera para almorzar, le demostraré esta vez el viaje hasta el último detalle, con especímenes y todo. Si me perdona que lo deje ahora».

Consentí, apenas comprendiendo entonces todo el significado de sus palabras, y él asintió con la cabeza y siguió por el pasillo. Oí el portazo del laboratorio, me senté en una silla y cogí el periódico. ¿Qué iba a hacer él antes de la hora del almuerzo? De repente, un anuncio me recordó que había prometido reunirme con Richardson, el editor, a las dos Miré mi reloj y vi que apenas podía salvar ese compromiso. Me levanté y bajé al pasillo para avisar al Viajero del Tiempo.

Cuando agarré el pomo de la puerta oí una exclamación, extrañamente truncada al final, y un clic y un golpe seco. Una ráfaga de aire giró a mi alrededor cuando abrí la puerta, y desde el interior llegó el sonido de cristales rotos cayendo al suelo. El Viajero del Tiempo no estaba allí. Por un momento me pareció ver una figura fantasmagórica e indistinta sentada en una masa arremolinada de negro y bronce... una figura tan transparente que el banco que había detrás, con sus hojas de dibujo, era absolutamente nítido; pero este fantasma se desvaneció cuando me froté los ojos. La Máquina del Tiempo había desaparecido. Salvo por el polvo que se iba disipando, el otro extremo del laboratorio estaba vacío. Al parecer, un cristal de la claraboya acababa de saltar por los aires.

Sentí un asombro desmedido. Sabía que había sucedido algo extraño, y por el momento no podía distinguir qué podía ser esa cosa extraña. Cuando me quedé mirando, se abrió la puerta del jardín y apareció el criado.

Nos miramos el uno al otro. Entonces empezaron a surgir ideas. «¿Ha salido el señor... por ahí?», dije yo.

«No, señor. Nadie ha salido por este camino. Esperaba encontrarlo aquí».

En ese momento lo entendí. A riesgo de decepcionar a Richardson, me quedé esperando al Viajero del Tiempo; esperando la segunda historia, quizá aún más extraña, y los especímenes y fotografías que traería consigo. Pero ahora empiezo a temer que deba esperar toda la vida. El Viajero del Tiempo desapareció hace tres años. Y, como todo el mundo lo sabe, nunca ha regresado.

EPÍLOGO

Uno no puede dejar de hacerse preguntas. ¿Regresará alguna vez?
Puede ser que haya retrocedido al pasado y haya caído entre los salvajes
sanguinarios y peludos de la Era de la Piedra sin Pulir; en los abismos
del Mar Cretáceo; o entre los grotescos saurios, los enormes brutos rep-
tiles del Jurásico. Incluso puede que ahora —si se me permite la expresión— esté vagando por algún arrecife de coral oolítico acechado por los
plesiosaurios, o junto a los solitarios mares salinos de la Era Triásica.
¿O se adelantó en el tiempo, a una de las épocas más cercanas, en la
que los hombres siguen siendo hombres, pero donde los enigmas de
nuestro tiempo han encontrado sus respuestas y sus fatigosos problemas resueltos? Hacia la madurez de la raza: porque yo, por mi parte, no
puedo pensar que estos últimos días de débiles experimentos, teorías
fragmentarias y discordias mutuas sean realmente la época culminante del ser humano. Eso es por mi parte. Él, lo sé —pues la cuestión había
sido discutida entre nosotros mucho antes de que se fabricara la Máquina del Tiempo—, no confiaba en el Avance de la Humanidad, y veía en la
creciente pila de la civilización sólo un tonto amontonamiento que inevitablemente caería sobre sus creadores y los destruiría al final. Si esto
es así, nos queda vivir como si no lo fuera. Pero para mí el futuro sigue
siendo negro y vacío, es una vasta ignorancia, iluminada en algunos lugares casuales por el recuerdo de su historia. Y tengo junto a mí, para mi
consuelo, dos extrañas flores blancas —ahora marchitas, y marrones y
planas y quebradizas— para atestiguar que incluso cuando la mente y la
fuerza habían cesado de existir, la gratitud y una ternura mutua seguían
viviendo en el corazón del hombre.

Rosetta Edu

CLÁSICOS EN ESPAÑOL

Esperamos que haya disfrutado esta lectura. ¿Quiere leer otra obra de nuestra colección de *Clásicos en español*?

El Príncipe Feliz y otros cuentos está ofrecido gratuitamente en formato electrónico en nuestro *Club del libro*. Es un libro publicado por Oscar Wilde en Mayo de 1888 y no ha perdido su atracción hasta nuestros días, combinando a la perfección el estilo de los cuentos de hadas con un trasfondo gótico y trágico. Temas recurrentes de la ficción tales como la entrega de uno mismo por el amado o la imposibilidad del amor si no hay eternidad se ofrecen aquí a los lectores de las nuevas generaciones como una perspectiva nueva e iluminadora.

Recibe tu copia totalmente gratuita de nuestro *Club del libro* en rosettaedu.com/pages/club-del-libro

Rosetta Edu

CLÁSICOS EN ESPAÑOL

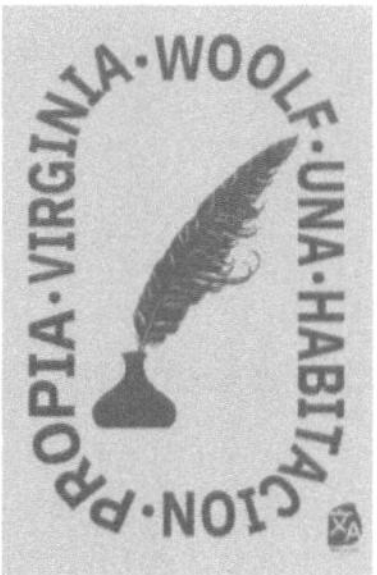

Una habitación propia se estableció desde su publicación como uno de los libros fundamentales del feminismo. Basado en dos conferencias pronunciadas por Virginia Woolf en colleges para mujeres y ampliado luego por la autora, el texto es un testamento visionario, donde tópicos característicos del feminismo por casi un siglo son expuestos con claridad tal vez por primera vez.

Basta pensar que *La guerra de los mundos* fue escrito entre 1895 y 1897 para darse cuenta del poder visionario del texto. Desde el momento de su publicación la novela se convirtió en una de las piezas fundamentales del canon de las obras de ciencia ficción y el referente obligado de guerra extraterrestre.

Otra vuelta de tuerca es una de las novelas de terror más difundidas en la literatura universal y cuenta una historia absorbente, siguiendo a una institutriz a cargo de dos niños en una gran mansión en la campiña inglesa que parece estar embrujada. Los detalles de la descripción y la narración en primera persona van conformando un mundo que puede inspirar genuino terror.

rosettaedu.com

Rosetta Edu

EDICIONES BILINGÜES

De Jacob Flanders no se sabe sino lo que se deja entrever en las impresiones que los otros personajes tienen de él y sin embargo él es el centro constante de la narración. La primera novela experimental de Virginia Woolf trabaja entonces sobre ese vacío del personaje central. Ahora presentado en una edición bilingüe facilitando la comprensión del original.

Durante décadas, y acercándose a su centenario, *El gran Gatsby* ha sido considerada una obra maestra de la literatura y candidata al título de «Gran novela americana» por su dominio al mostrar la pura identidad americana junto a un estilo distinto y maduro. La edición bilingüe permite apreciar los detalles del texto original y constituye un paso obligado para aprender el inglés en profundidad.

El Principito es uno de los libros infantiles más leídos de todos los tiempos. Es un verdadero monumento literario que con justicia se ha convertido en el libro escrito en francés más impreso y traducido de toda la historia. La edición bilingüe francés / español permite apreciar el original en todo su esplendor a la vez que abordar un texto fundamental de la lengua gala.

rosettaedu.com